PETITE, JE DISAIS QUE JE VOULAIS ME MARIER AVEC TOI

MEHTAP TEKE

PETITE, JE DISAIS QUE JE VOULAIS ME MARIER AVEC TOI

ÉDITIONS VIVIANE HAMY

D'après une conception graphique de Pierre Dusser
Illustration de couverture, montage d'après des photos
de © Bjorn Beheydt / Shutterstock,
© Footageclips / Shutterstock, © Indeed / Getty Images.
EAN : 978-2-3814-0024-2

À mes parents, pour leurs sacrifices.

C'est un dur métier que l'exil, bien dur.

Nâzim Hikmet

Petite, je disais que je voulais me marier avec toi. Je parlais d'une robe blanche et d'une traîne longue. Tu riais de bon cœur. Je t'imitais. Encore et toujours.

Un jour, tu as mis fin à mes illusions. Calmement – trop, à mon goût –, tu as dit que les pères n'épousaient pas leur fille. Cette douleur que j'ai ressentie ce jour-là est toujours en moi. Après ça, jamais plus je n'ai parlé de robe blanche ni de traîne. J'étais petite, mais je m'en souviens encore.

C'est étrange, n'est-ce pas ?

I

1

Je te revois sur la tombe de ton père. Le nez pointé vers tes pieds ancrés dans la terre, tu es plongé dans un profond silence. Ta silhouette maladroite semble raide et figée. Tes bras pendent le long de ton corps. Tes poings sont fermés ; tes épaules affaissées. Tu es si grand, si mince ! Il n'y a pas de doute : je tiens de toi, oui.

Tandis que je t'observe, postée à quelques pas de là, mon regard s'attarde sur ta nuque. Le col de ta chemise peine à dissimuler les muscles de ton cou qui se tendent et laissent transparaître le chagrin qui t'habite. Je baisse les yeux : la brise fouette le tissu de ton pantalon en lin contre tes mollets, accentuant ton allure émaciée, et te donne un air étrange, presque vulnérable. Pour la première fois, je comprends que le désarroi peut te toucher, toi aussi ; je prends conscience de ton humanité.

Je m'imprègne de ton image. Elle s'immisce dans mon esprit, carillonne sous mon crâne. Je le sais : elle reviendra me hanter. Ton visage est sombre, tes mâchoires sont serrées, tes yeux fixent la pierre gravée à notre nom. Et à te voir ainsi sur les vestiges de ton passé, l'air hagard, j'ai du mal à te reconnaître. Tu parais si frêle, sur le point de t'effondrer ! Jamais ton corps ne supportera le poids du chagrin qui t'accable.

Pourtant, tu demeures campé sur tes longues jambes. Tu te tiens là, au pied de la sépulture, te perdant dans le ressassement des souvenirs douloureux. Et j'ai beau être à tes côtés et te suivre telle une ombre, tu ne m'accordes aucune attention. Il n'y a dans ton attitude nulle invitation à te rejoindre ou à venir pleurer avec toi. Même dans la souffrance, tu restes digne.

C'est tout toi, ça.

Et je me revois, dans ma maigreur et ma laideur ; à l'affût du moindre son que ta gorge nouée pourrait laisser échapper si seulement tu faisais fi de ta fierté ! Mais tu ne peux t'y résoudre. En contrepartie, je profite de l'état dans lequel tu te trouves pour m'extasier de ta beauté. Je ne parviens pas à détourner les yeux et je m'abandonne, sans honte, à la fascination que tu exerces sur moi. La pression de la main qui empoigne alors la mienne m'avertit ; elle m'ordonne de ne pas bouger. Sa prise s'intensifie à mesure que les secondes s'égrènent, comme si elle était prête à m'empêcher de courir vers toi si l'idée m'en traversait l'esprit. Mais je suis paralysée, trop intimidée par ta solennité pour penser à remuer le moindre centimètre de mon corps.

Tu parais enraciné dans les profondeurs de la terre, comme pour y puiser les forces qui te manquent. Tu demeures là, simplement, tu es toi. Et rien dans ta posture ne laisse deviner ton état d'esprit. Sanglotes-tu ? J'aime à le penser sans pouvoir toutefois l'affirmer.

Autour de nous, la vie semble s'être arrêtée. Un instant, j'ose croire qu'il ne reste que toi et moi, ici-bas. Mais non. J'ai conscience de la présence de ces gens qui, bien des années après l'enterrement de ton père, sont venus, comme toi, se recueillir là. Ils nous entourent et nous indifèrent. Ils gardent le silence par respect pour toi ; en se taisant, ils font preuve d'une empathie qui prouve l'estime qu'ils te portent. Il faut dire qu'ils sont confrontés à un homme en proie à la souffrance extrême, dans l'acception la plus complète du mot. Ils l'ont compris – du moins, ils le devinent. Je le vois à leur façon de te scruter de leurs yeux de charognards. Leur silence te juge.

Mon silence est différent du leur : mon silence, c'est la mort. C'est la réalité hideuse qui prend possession de mon esprit et profane la candeur qu'avec vanité j'avais voulu faire mienne. Je comprends maintenant que je ne suis pas la seule qui compte pour toi. Contrairement à ce que j'ai eu l'innocence de penser jusqu'ici, je ne suis pas unique à tes yeux : il y en a un autre que tu chéris tout autant. Et pour la première fois, ton père et moi sommes confrontés l'un à l'autre dans cet amour que tu nous portes. Il est là : couché à tes pieds ; enseveli sous cet amas de terre et de graviers, il se cache. Et sa force, que symbolisent ses restes enfouis, me frustre et m'anéantit. Je pourrais crier et hurler ma peine, si je ne craignais d'avoir à faire face à ton impétuosité ! À ton regard intraitable qu'aujourd'hui encore, je ne peux affronter…

Et dans ma tête, à l'abri de toi, les mots pleuvent et condamnent celui qui t'a abattu : « Montre-toi ! Ne reste pas caché là. Depuis de trop longues années, tu te dérobes et esquives son amour pour toi. Réponds au désespoir qui sommeille en lui ; reprends l'espace vacant que ta mort a laissé dans sa vie et que nul n'est parvenu à combler, depuis. »

Pas même moi…

D'avoir à faire face à l'échec de mes ambitions me déchire l'âme. Savoir qu'en dépit de toutes mes tentatives jamais le rôle de favorite tant convoité ne sera le mien me confine dans une douleur que je n'accepte pas. Et le silence dans lequel je plonge est celui du condamné : il manifeste la destruction d'un fantasme de toi.

Il est l'ultime vérité.

J'aurais souhaité qu'il n'y ait personne d'autre que moi dans ta tête, dans ton corps, dans ton cœur, dans ton âme. J'aurais aimé ne jamais avoir à partager les sentiments que j'avais cru miens : les tiens. D'ailleurs, je l'espère toujours. Que veux-tu ? C'est de toi que je tiens l'illusion de pouvoir déjouer les pièges de la fatalité…

Et je te revois, si grand et mince, les bras ballants le long de ton torse. Tes épaules s'affaissent. À tes pieds, la pierre est gravée à notre nom.

Ci-gît un père : c'est le tien.

Puisses-tu ne jamais m'abandonner, toi.

2

Ta mère gémit, étouffe ses sanglots dans le voile qui a glissé de sa tête et qu'elle tient à présent entre ses doigts fins. Sa souffrance est telle que, par moments, elle mord dans le bout de tissu pour taire ses cris. Des larmes coulent le long de ses joues pâles. Elles roulent jusqu'aux coins de ses lèvres tremblantes et viennent mourir sur la pointe de son menton. Une grimace de douleur déforme ses traits ; son visage, d'ordinaire si fier, en est défiguré.

Autour d'elle, d'autres femmes se pressent pour la consoler. À chacun de ses hurlements, elles l'embrassent ; à chacune de ses plaintes, elles la serrent plus fort dans leurs bras. Tout est fait pour atténuer sa tristesse et son chagrin. Bien sûr, c'est peine perdue : elle ne s'en remettra pas. Et elles ont beau répéter que c'est la volonté du ciel ; elles peuvent bien la forcer à conserver, dans la paume de sa main, ce morceau de terre qui recouvrira le corps du bébé qu'il y a encore quelques mois elle portait dans son ventre, ses sanglots redoublent d'intensité. Elle lutte, résiste ; elle veut contester cette décision céleste, comme si elle pouvait gagner en s'opposant à la vie.

Elle n'a pas pris la peine de se chausser avant de quitter la maison. Pourtant, par une telle chaleur, le sol doit lui brûler la plante des pieds. Inquiet, tu contemples les orteils délicats de ta mère, à présent sales et crasseux, qui s'enfoncent dans la terre et s'y accrochent pour ne pas plonger dans la fosse creusée par les hommes. Tu retiens ton souffle tandis qu'elle semble tergiverser entre la vie et la mort ; tu l'observes qui se balance au bord du trou où repose le corps de l'enfant, comme si elle hésitait à se laisser happer par le vide pour le rejoindre.

Lorsque sa tête s'incline vers l'arrière en proférant des injures, tu enfouis le bout de tes doigts dans tes oreilles pour ne rien entendre. À cet instant, elle semble avoir oublié ta présence et celles de tes autres frères et sœurs ; ta mère ne se soucie plus de toi, ce premier fils qu'elle a mis au monde et qui ne l'a pas abandonnée, lui.

Tu poses un regard inquisiteur sur la dizaine de femmes rassemblées autour du linceul enveloppant le corps de ce petit frère que tu as à peine connu. Les enjeux de la cérémonie qui se déroule sous tes yeux t'échappent. Tu t'interroges : qui sont ces femmes ? Que veulent-elles ? Pourquoi te privent-elles de l'attention que tu mérites ? Tu es un enfant, toi aussi. De quel droit se permettent-elles de te tenir à l'écart de la communion à laquelle tu aimerais prendre part ? Ah ! si tu le pouvais, tu pleurerais pour faire comme elles. Tu as des difficultés à comprendre les raisons de leurs larmes. Et malgré toi, tes yeux demeurent secs.

En face de toi, ta mère continue à gémir. Son ventre arrondi se dessine, se devine sous sa robe qui tombe jusqu'à ses chevilles sales. La décence voudrait qu'elle se montre pudique. Mais elle n'a que faire de révéler sa condition, à présent. Elle a perdu sa dignité à l'instant où le nourrisson a perdu la vie.

À ses côtés, ta sœur aînée – admise dans le groupe des éplorées – se tient droite, presque stoïque. La fillette a, elle aussi, recouvert sa tête d'un voile. Elle a pris soin d'en nouer les bouts sous son menton pointu afin qu'il ne glisse pas. Quelques mèches de sa chevelure noire s'en échappent et se mêlent à la sueur qui perle sur son front. Dans sa main, elle tient un pan du gilet de la cadette, qui vient à peine d'apprendre à marcher. Elle s'assure que la petite reste à proximité. Et entre deux réprimandes, elle lève des yeux tourmentés pour détailler les visages sombres qui l'entourent. De toute évidence, elle s'efforce d'être le témoin de la souffrance humaine ; elle pense avoir quelque chose à gagner à imprimer en elle l'image de la détresse. Un moment, se rappelant ta présence, elle se retourne et te cherche du regard. Lorsqu'elle t'aperçoit, elle sourit, la figure baignée de ces larmes qu'elle parvient à verser, elle. Elle lâche la cadette et pivote sur ses pieds. Elle s'avance vers toi à petits pas ; elle se rapproche, les mains tendues pour te prendre dans ses bras.

Arrivée à ta hauteur, elle se baisse et te soulève du sol pour te serrer contre elle. La peine semble avoir décuplé ses forces. Tu profites de la chaleur de son corps pour poser la tête sur son épaule. Tu fermes les yeux et renifles son odeur. Elle t'embrasse et t'étreint. Elle est venue t'apporter le réconfort dont tu as besoin. Elle n'est qu'une enfant, pourtant. Elle est jeune, encore. Au fond, tu n'es pas certain qu'elle soit capable de remplacer l'amour de ta mère. Tu t'accroches cependant à ce mirage, comme si ta vie en dépendait ; tu te laisses gagner par la plénitude qu'elle s'évertue à créer autour de toi. Et tu es prêt à t'abandonner à tes rêves, quand deux autres bras – robustes, ceux-là – t'encerclent et te dérobent à elle.

Tu soulèves les paupières : c'est ton père qui se manifeste. Après t'avoir ravi, il te prend dans ses bras et pose ses lèvres mouillées sur ton front. Son visage est sombre ; son regard se perd sur le groupe de villageoises parmi lesquelles se trouve son épouse, qui continue à pleurer le nourrisson. Il le sait : il ne peut se joindre à elle. Il doit rester à l'écart. Et puis, il craint de perturber son chagrin.

En silence, il pose une main affectueuse sur la tête de son aînée, qui demeure postée à vos côtés, au cas où tu la réclamerais. D'une voix douce, il lui ordonne de faire demi-tour. Puis, après s'être assuré que la fillette a récupéré sa place auprès des femmes, il tourne le dos à la scène, comme si la vue du linceul, dans lequel est enveloppée une partie de sa chair, ne lui déchirait pas le cœur. Et tandis qu'il rebrousse chemin en te portant dans ses bras, tu poses les mains de part et d'autre de son visage pour détailler les nuances de vert qui colorent ses iris marron.

Ton père passe devant un groupe de villageois venus observer la mise en terre, avant d'obliquer pour prendre la route qui mène à la maison et traverse les plantations de coton. Les paysages qui défilent font étalage de leur splendeur afin de séduire et susciter votre admiration. Pourtant toi, tu n'as d'yeux que pour celui qui te garde contre son torse, comme s'il redoutait que le ciel ne t'enlève aussi à lui. Ses doigts, recroquevillés autour de ta taille, portent encore les traces de la terre que lui et d'autres ont creusée, à l'aube, pour préparer la dernière demeure de l'enfant. Il essaie de sourire pour te faire oublier la gravité des faits dont tu as été le trop jeune témoin. Il ne parvient qu'à entrouvrir ses lèvres tremblantes, et tu te forces à rire pour lui. Tu demandes alors si vous pourrez observer les étoiles, cette nuit, depuis le toit de la maison, comme vous avez l'habitude de le faire les soirs d'été. Tu insistes pour qu'il te raconte l'histoire de sa vie, aussi. Et il promet, le regard lourd du malheur qui le touche.

Tout en marchant, il t'embrasse, te susurre des mots doux à l'oreille. D'une main tremblante, il tente de lisser l'épaisse chevelure noire qui recouvre ton crâne. Puis il se baisse, ramasse une pierre à la forme particulière et la frotte contre son pantalon, avant de te la montrer de plus près. Sur ton ordre, il te soulève pour te poser sur ses frêles épaules afin que tu puisses admirer le spectacle de là-haut ; sur ton insistance, il t'explique son travail dans les champs, énumérant les étapes du labeur que tu connais bien. Il en parle comme s'il s'agissait là du plus beau métier du monde, si bien que tu finis par le croire. Tu lui demandes si, un jour, il quittera ce village qui l'a vu naître. Il répond que, contrairement à toi, il ne s'en ira pas. Tu dis que tu aimerais voyager, visiter l'Europe, quand tu auras son âge. Et il déclare que tu le pourras, si Dieu le veut.

Il assure qu'un jour tu te marieras et auras des enfants qu'il considérera comme les siens. Tu comprendras alors les sentiments qu'il éprouve pour toi, car tu seras en mesure de les ressentir à ton tour. Et tu secoues la tête, fronces les sourcils : jamais tu ne chériras un être autant que tu le chéris. Il n'y a rien dont tu ne sois plus sûr !

Il sourit, te fait descendre de ses épaules et t'embrasse à nouveau, tandis que vous arrivez à la maison que vos ancêtres ont bâtie dans la vallée. Vous pénétrez dans la cour, et ton père te dépose au pied du perron qui mène à la porte en planches disjointes. La mine lasse, il se laisse tomber sur l'une des marches et t'incite à aller jouer.

Tu t'empresses d'obéir et cours ramasser quelques cailloux pour commencer une partie d'osselets. Tu te jettes à quatre pattes, une paume face contre terre. Le front bas, tu projettes dans les airs une première pierre que tu rattrapes sur le dos de ton poing. Tu t'appliques autant que tu peux, car tu sais que ton père a ses yeux marron, aux mêmes reflets verts que les tiens, braqués sur toi. Tu souhaites lui prouver à quel point tu es habile. Tu veux le voir s'incliner devant ton talent et l'entendre faire tes louanges.

Au bout de quelques minutes, alors que tu te prépares « au lancer de quatre », levant le nez, tu vois qu'il a recouvert son visage de ses mains. Ses épaules sont secouées de spasmes. Il sanglote, tente d'étouffer sa peine. Tu comprends qu'il pleure le bébé que l'on vient d'enterrer.

Inquiet, tu lâches les cailloux et te redresses. Tu esquisses quelques pas en sa direction, et les raclements de tes sandales sur la pierraille lui font relever la tête. Du revers de sa manche, il efface les sillons tracés par le chagrin sur son visage. Quand tu te retrouves en face de lui, il sourit, comme s'il ne venait pas de verser toutes les larmes de son corps. Il te rassure, te dit qu'il va bien, alors que tu ne lui as posé aucune question. Tu hésites à revenir sur tes pas, mais il insiste pour que tu retournes jouer. Tu acceptes à condition qu'il te regarde. Et il acquiesce, ravalant sa tristesse pour se concentrer sur ton bonheur. Il caresse ta joue et te dévisage sans un mot. Puis il t'invite à regagner la cour.

Tu tournes les talons et t'empresses de retrouver ta place, à genoux dans la poussière. Tu t'assures que ton père est demeuré sur le perron pour te regarder tandis que tu feras la démonstration de tes exploits. Saisissant les cailloux qui sont restés là où tu les as laissés, paré pour ton lancer, tu courbes le dos et plisses les yeux en prenant une profonde inspiration. Alors, quand ta concentration est à son maximum, d'une chiquenaude tu fais voler la pierre dans les airs, confiant en ton triomphe.

Et son regard rivé sur toi vaut tous les encouragements du monde.

3

Les étoiles scintillent, brillent dans l'espace dégagé au-dessus du village. Elles sont des centaines, des milliers ; des millions peut-être ! Tu ne saurais dire : tu n'aurais pas assez de ta vie pour les compter. Depuis ton poste d'observation, sur le toit de la maison, la tête posée sur un vieux coussin en laine, tu te dis que le tableau est à couper le souffle. Les astres rivalisent entre eux pour être vus, admirés, se moquant de la lune, pleine et ronde – déjà si belle, pourtant.

Ton père, étendu sur une couverture à tes côtés, a le regard plongé dans la pénombre, lui aussi. Perdu dans la contemplation de la voûte qui vous surplombe, il ne parvient pas à réprimer le mouvement de ses lèvres qui s'étirent. Et tu ne peux t'empêcher de l'interroger sur l'origine de son sourire.

De l'index, il te montre une étoile qui brille plus que les autres dans le noir. Il affirme qu'il s'agit de l'étoile Polaire, et tu observes l'astre qu'il te désigne avec d'autant plus d'intérêt que tu connais son nom, à présent. Elle indique le nord. Longtemps, elle a offert aux navigateurs un moyen de s'orienter. Tu la scrutes, séduit par son histoire, tandis que la belle s'évertue à illuminer l'obscurité de la nuit, comme si elle était consciente de l'adoration qu'elle suscite autour d'elle.

Fasciné, tu te demandes comment naissent les étoiles.

À nouveau, tu te tournes vers ton père pour l'interroger. Sa tête est posée sur ses doigts noués. Tu le fixes, tandis qu'il cogite et réfléchit à la question. Tu le vois qui fronce les sourcils et fait la moue. Il tente de puiser en lui une connaissance qu'il n'a pas ; il semble vouloir apporter une explication qu'il ignore. Tu persistes, et il finit par l'admettre : il ne sait pas. L'aveu, qui jaillit de sa bouche, sonne creux à ton oreille.

Tu reportes les yeux devant toi. Déçu, tu dis espérer l'apprendre à l'école où tu entreras le mois prochain. Ton père paraît ragaillardi, soudain. Il sourit à nouveau. Confiant, il affirme que ton maître te l'enseignera. C'est un savant. Et il fera de toi un érudit. La naissance des étoiles, de l'univers… Il apportera la lumière sur ces choses-là – et sur bien plus encore ! L'histoire de l'humanité, les grandes découvertes : le maître connaît tout de ces matières qui, pour les gens comme lui, restent un mystère.

Intrigué, tu te demandes à quelles gens il fait référence. Pourquoi s'associe-t-il à ces gens-là ? Tu veux comprendre, mais il ne te laisse guère le temps de le questionner. Il est si fier de pouvoir t'envoyer à l'école qu'il se perd dans le flot de ses pensées. À présent, les mots s'échappent de sa bouche à une allure folle. Il s'enthousiasme, s'enorgueillit de ta curiosité ; il glorifie ton impatience à t'instruire. Il affirme que tu sauras tout sur tout ! Si tu travailles bien, la vie n'aura plus de secrets pour toi. Et avec de l'assurance dans la voix, il ajoute que tu finiras par en connaître bien plus que lui sur le monde.

Tu prends le temps d'envisager une telle possibilité. À quelques centimètres de toi, ton père rêvasse ; il divague. Ses yeux s'illuminent à la pensée que tu puisses être le premier d'une lignée de paysans à étudier. Peut-être même entreras-tu à l'université ? Il s'interroge à voix haute, et tu sens la crainte te submerger à l'idée de décevoir les espérances qui pèsent sur toi.

Pour minimiser ses attentes, tu changes de sujet de conversation : tu lui demandes de te raconter l'histoire de sa vie. Il soupire : tu la connais déjà. À force de l'avoir entendue, tu pourrais la réciter par cœur ! Tu persistes : tu ne peux te lasser de l'écouter te parler de son enfance et de ces années vécues sans toi.

Qu'il te conte les nuits qu'il a passées sur ce toit de pierres, trop fatigué pour garder les yeux ouverts et contempler les étoiles – comme tu le fais, toi. Qu'il te brosse un tableau de l'école où il n'a jamais eu la chance de poser le pied. Qu'il te raconte ces rares fois où il a trouvé le temps de se baigner, dans ce même ruisseau où tu aimes tremper les orteils et te rafraîchir, l'été. Et la route qui mène à la maison… Peut-il de nouveau la décrire ? Ce chemin qui longe les champs dans lesquels il a commencé à travailler si jeune, lui… Parce que c'est comme ça et qu'on n'a pas toujours le choix.

Ton père finit par céder : comme toujours, il se soumet à ta volonté. Il partage ses souvenirs avec une lassitude qu'il peine à cacher. Par moments, trop impatient d'attendre qu'il achève ses phrases, tu les termines pour lui ou lui rappelles des parties de l'histoire qu'il omet de narrer. Et lui – sans jamais se vexer –, l'air songeur et les sourcils froncés, acquiesce avant de rectifier ses propos, comme s'il pouvait avoir oublié. Il reprend alors le cours de son récit, la voix faible et les yeux tristes, accusant les coups portés par les mots. Pour la simple raison que tu l'as ordonné, il revient sur ce passé douloureux, le remuant sans pitié, le regard plongé dans le vaste ciel qui domine vos têtes. Et tu peux voir les larmes suspendues au ras de ses cils tandis qu'il parle.

Bien sûr, tu es trop jeune pour te rendre compte de sa souffrance. Tu n'es pas en âge de comprendre le supplice que peut lui infliger la réminiscence d'une vie perdue à jamais. Mais tu sais que son âme meurtrie continue de te chérir, même lorsque tu insistes pour qu'il poursuive, chaque fois qu'il s'arrête sur un passage pénible de son passé. Tu le vois à sa façon de s'empresser d'obéir sans lutter, car ton bonheur a toujours été sa priorité. Et sans éprouver aucune honte, tu écoutes les souvenirs qu'il lui reste de l'enfant qu'il a été.

Une étoile file au-dessus de vos têtes. Elle n'a pas échappé à votre vigilance : tous deux, vous l'avez aperçue, tandis qu'elle perçait la nuit et disparaissait. Alors tu t'interroges. Tu te demandes pourquoi certains astres ne font que passer quand d'autres brillent pour l'éternité. Du coin de l'œil, tu observes l'homme à tes côtés.

Cette fois, tu hésites à lui poser la question. Tu ne veux pas risquer d'assombrir à nouveau l'éclat de ses yeux et ne souhaites pas qu'il doute de ce qu'il représente pour toi. Qu'importent ses failles, ton père reste le plus héroïque de tous, oui ! Et tu te mords les lèvres pour te forcer à te taire.

En fait, c'est lui qui le premier rompt le silence de la nuit.

– Fais un vœu, te presse-t-il avec douceur.

Tu tournes la tête : déjà, il a fermé les yeux. Tu devines qu'il est en train d'en formuler un, lui aussi. Et tu donnerais cher pour percer ses ambitions. Quels sont ses rêves, au fond ? Se pourrait-il qu'ils soient liés à toi ?

En prenant ton courage à deux mains, tu finis par l'interroger sur son vœu. Il soulève les paupières d'un air las.

– Si je t'en fais part, il ne se concrétisera pas…

Tu fais la moue et reportes ton regard devant toi.

– Je veux qu'il devienne réalité, ajoute-t-il dans un murmure, le visage toujours offert à la splendeur de la voûte céleste.

Et sa voix sonne comme une mélodie dans l'obscurité.

La nuit est si belle ! Tu te dis que tu aimerais graver cette image dans ta mémoire pour l'éternité. À ton tour, tu fermes les paupières pour mieux t'imprégner de sa sérénité. Un sourire illumine ton visage, alors : ton souhait vient à l'instant de se révéler. Telle une évidence, il t'apparaît à présent aussi clairement que le monde qui t'entoure.

Ravi, tu te laisses gagner par l'enchantement et plonges dans la magie du moment. Tes lèvres s'entrouvrent un peu plus et tes joues virent à l'écarlate ; ton pouls s'emballe, ton cœur s'enflamme. Et dans un souffle à peine audible, l'esprit empli de dévotion, tu prononces ce vœu, si cher à tes yeux : celui de voir le sien se concrétiser.

4

Dans la chaleur accablante de cette fin d'après-midi, tu coupes à travers les sentiers escarpés menant au village ; ces chemins sinueux, tracés par d'autres, dans les montagnes de ce pays que tu connais si bien. Les livres calés sous le bras, tu reviens de ta dernière journée d'école. Et tu n'as qu'une idée en tête : y retourner, après l'été, pour continuer à étudier et un jour entrer au collège. Tu rêves d'accumuler les diplômes pour t'élever dans la société ; tu espères accomplir de belles choses, dont tous seront fiers, quand tu seras grand.

Rien d'autre n'a d'importance à tes yeux !

Des bruits de pas dans ton dos te sortent de tes pensées. Tu fais volte-face : ton jeune frère marche quelques mètres plus loin, les poings serrés au bout de ses bras raides et les cils baissés sur ses souliers. Il s'efforce de suivre la cadence.

À sa manière de relever les yeux de temps à autre, tu sais qu'il s'assure que tu demeures dans son champ de vision. Lui a laissé ses cahiers à l'école : il ne s'y intéresse pas. Et une frustration nouvelle, que tu ne t'expliques pas, te pousse à tourner les talons.

Ton pantalon accroche quelques tiges de coton, tandis que tu presses le pas. Tu tires sur ta jambe pour te défaire du piège, et le tissu se déchire dans un bruit sec, dévoilant ton mollet fin et ravivant ta colère. Une goutte s'écrase sur le bout de ton nez, et tu lèves les yeux : le ciel se couvre soudain de nuages. Tu peux les voir, au loin, qui menacent l'horizon.

Tu jettes un regard par-dessus ton épaule : ce frère qui te ressemble tant continue à garder ses distances. Il avance, la tête rivée sur ses pieds qu'il laisse traîner sur le sentier, comme s'il n'avait que ce moyen pour évacuer son mal-être. Instinctivement, tu te détournes de cette image qu'il renvoie et te mets à dévaler la pente au pas de course. Tu sais qu'il tente tant bien que mal de faire de même, car il ne veut pas se retrouver seul dans ces montagnes qui lui font peur, la nuit tombée. Sans t'apitoyer sur son sort, tu presses l'allure, comme si tu cherchais à le semer et prenais plaisir à le faire. Tu es bien plus agile. Plus grand, aussi.

Et tes jambes, bien que fines, sont fortes et t'accompagnent.

Très vite, les sanglots éclatent derrière toi, et tu devines les pleurs sur les joues de ce frère qui persiste à vouloir mettre ses pas dans les tiens. La pluie tombe dru, mais tu cours, tes jambes s'activant avec frénésie, hors de ton contrôle. La chemise usée que tu portes, bien qu'elle soit devenue trop petite pour toi, est trempée de sueur. Du revers de la manche, tu t'éponges le front. Quelques mèches de ta chevelure s'affaissent, tombent sur tes yeux. Tu les plaques sur le sommet de ton crâne pour dégager ta vue. Le toit familier de la maison en pierre apparaît en bas de la vallée, remplissant ton cœur de joie.

Dans ton dos, un cri te parvient à l'oreille. Tu fronces les sourcils, hésites à stopper ta course : la roulade était inévitable, tu le sais. Et gagné par un sentiment de culpabilité, tu te forces à ralentir. Les éclairs déchirent le ciel à présent ; le tonnerre gronde. Inquiet, tu te retournes en pivotant sur tes deux pieds : assis, recroquevillé sur lui-même et trempé par la pluie qui ne cesse pas, ton frère tient à deux mains ses genoux écorchés.

Ravalant ton amertume, tu remontes la pente en sens inverse pour le rejoindre. Tu avances en prenant soin de ne pas glisser à ton tour, tout en pestant contre ton tempérament qui – tu en as conscience – blesse autour de toi. Arrivé à la hauteur de ton frère, tu courbes l'échine. Vos fronts se frôlent, lient vos destinées, tandis que les gouttes d'eau continuent à se déverser sur vos têtes. Tu déposes tes cahiers à tes pieds et sors un mouchoir en tissu de ta poche. Puis tu te mets à nettoyer la plaie qu'il te présente comme s'il t'accusait du malheur qui le touche.

Au loin, une voix étouffée par le bruit de l'averse jaillit des profondeurs de la vallée. C'est celle de ta mère. Elle mugit, crie vos noms, sans que tu lui accordes la moindre attention. Simplement, tu prends soin de ton frère, comme tu t'entêteras à le faire des années durant, quelquefois au-delà de l'entendement. Et lorsque enfin tu finis de soigner sa blessure, tu te retournes et l'invites à grimper sur ton dos. Ses bras s'accrochent à ton cou ; les tiens s'agrippent à ses cuisses. Tu pousses sur les muscles de tes jambes pour te remettre debout. Prudent, tu entreprends de descendre la pente en basculant ton buste vers l'avant.

La pluie, insensible à votre infortune, tombe sans pitié. Vous êtes trempés, recouverts de boue de la tête aux pieds. Tes souliers s'enfoncent dans la terre. Tandis que tu approches de la vallée – le souffle chaud de ton frère embrasant ta nuque et son visage enfoui dans tes cheveux –, tu te rends compte que tes livres sont restés là où tu les as laissés : sur les chemins des montagnes. Ils seront imbibés d'eau, illisibles certainement. En soupirant, tu te dis que tu retourneras les chercher lorsque la pluie aura cessé.

Cependant – et tu l'ignores encore –, tu n'y retourneras pas. Ces ouvrages ne te seront d'aucune utilité à l'avenir, car tu n'iras plus à l'école, à la rentrée. En vérité, tu viens d'y passer ta dernière journée. En dépit des rêves qui tourbillonnent dans ta tête et occupent tes pensées, d'autres ont décidé pour toi : tu n'étudieras pas.

Ta destinée est scellée : elle ne t'appartient plus.

Toi, inconscient du sort qui t'attend, tu poursuis ta marche, posant un pied devant l'autre, pour rejoindre la maison nichée au creux des montagnes de ton pays. La pluie continue à se déverser. Et, le corps emprisonné dans ta chemise mouillée et trop petite pour toi, tu serres contre ta taille les jambes nues et malingres de ce frère à la mine misérable, qui – toujours – s'accroche à toi et que tu aimes tant.

Ce soir-là, tu surprends des chuchotements dans la nuit, tandis que tu tentes de trouver le sommeil. Tu te redresses en faisant attention à ne pas réveiller la fratrie endormie à tes côtés, dans l'unique pièce à coucher que la famille partage et où les matelas sont posés à même le sol. Sans un bruit, tu t'extirpes des draps et te faufiles jusqu'à la fenêtre restée entrouverte. Tu prêtes alors l'oreille aux murmures qui proviennent de l'extérieur.

– Il a atteint l'âge, dit la voix de ton père. J'ai commencé plus jeune encore. Ainsi va la vie.

– Quand même, répond ta mère, des sanglots dans la gorge. Les champs… Lui qui aime aller à l'école et qui veut étudier.

– Ainsi va la vie, répète ton père dans un souffle.

Ils sont assis sur les marches du perron, un thé à la main. Lui a le dos courbé. Le regard rivé au sol, il donne l'impression de porter le poids du malheur du monde sur les épaules. Dans la nuit noire, les étoiles brillent et scintillent, telles des lucioles. Le chant des criquets ajoute sa touche poétique à la scène que tu contemples de tes yeux désillusionnés et fatigués.

Ton cœur bat la chamade à l'intérieur de ta poitrine ; tes rêves s'envolent en fumée. Ainsi donc, tu n'iras pas à l'université ; tu ne changeras pas le cours de ta destinée. Comme tes ancêtres avant toi, tu mourras dans le village qui t'a vu naître et devras te contenter de l'avenir qu'ils ont tracé pour toi.

La discussion s'éternise, tu ne l'entends plus. Les lèvres de ton père continuent à remuer. Tandis que le thé refroidit dans sa main, il ne cesse de vouloir s'expliquer et se justifier, le regard rivé sur ses pieds déchaussés et sales. Il paraît misérable. Sa silhouette voûtée, accablée par le poids des mots qui jaillissent de sa gorge serrée, trahit son malheur et sa peine. Ta mère, elle, cherche à le dissuader de te retirer de l'école. Mais il demeure intraitable : quel autre choix leur reste-t-il ?

Tu fais mine d'être assoupi lorsque, plus tard dans la nuit, elle passe t'enlacer, la figure inondée de larmes. Alors qu'à l'extérieur, les criquets s'évertuent à poursuivre leur chant maléfique, tu feins de ne pas être tiré du sommeil par ses baisers mouillés. Et tu attends bravement qu'elle s'en aille rejoindre sa couchette, dans un coin de la chambre, pour laisser les pleurs se répandre sur ton visage jusqu'à tes lèvres tremblantes.

Le lendemain, tu te réveilles changé. Habité des nouvelles responsabilités qui t'incombent, tu ne penses plus à aller récupérer les ouvrages que tu as oubliés dans les montagnes. Après tout, les livres ne peuvent rassasier celui qui a faim, n'est-ce pas ?

Dehors, le soleil a repris ses droits. Les premiers rayons percent la vitre de la fenêtre et illuminent l'intérieur de la pièce. Un à un, les habitants de la maison soulèvent les paupières. Ton père et ta mère sont les premiers à se lever. Après avoir revêtu leurs habits de la veille, ils s'appliquent à plier et ranger les couvertures dans un coin de la pièce. Aussitôt, tes frères et sœurs s'empressent de faire de même. Puis ils quittent la chambre, bien que tu ne bronches pas, toi. Et tu fermes les yeux lorsqu'ils passent devant le matelas où tu es couché, afin de faire croire que tu dors toujours.

Dans ta tête, les idées se brouillent et t'embrouillent. Tu connais le travail aux champs pour y avoir aidé, en certaines occasions. Mais jamais tu n'aurais imaginé que tu devrais en faire ton quotidien, toi aussi. Tu pensais pouvoir y échapper. Tu songes à quelques-uns de tes anciens camarades de classe qui y sont déjà et qu'il t'arrive de croiser, au retour de l'école. Certains sont à peine plus âgés que toi. Chaque fois que tu longes les plantations, les cahiers sous le bras, ils te fixent, les yeux vidés de leurs rêves, le dos courbé et les doigts gantés enroulés autour des cotonniers.

Es-tu condamné, toi aussi, à devoir observer les élèves de passage, de ces mêmes regards qui te font frémir d'effroi ? Adopteras-tu la posture de ceux-là qui n'ont plus rien à espérer ?

Tu refuses d'y songer.

D'un geste, tu rejettes les draps qui emprisonnent ton corps et tu prêtes l'oreille aux voix étouffées qui te parviennent, depuis le toit de la maison. La tête lourde, tu finis par te lever. Tu quittes la chambre, le pas traînant, et vas te poster à l'extérieur, sur le seuil de la porte. Tu restes là un long moment, à aspirer l'air frais et à admirer le ciel, bleu et pur, qui s'impose au-dessus de toi. L'odeur du pain, tout juste sorti du four, arrive jusqu'à toi, portée par la brise. Poussé par la faim, tu te décides à gagner l'arrière de la cour pour rejoindre l'escalier en bois qui mène à l'étage.

Tous se sont réunis autour de la table basse et ont les yeux rivés sur la mère qui termine de faire chauffer l'eau. Tu t'empresses de retrouver ta place auprès de l'homme qui, la veille, t'a condamné. Tandis qu'il te salue, tu ne peux t'empêcher de remarquer qu'il a mauvaise mine. De toute évidence, ton père a lui aussi passé une nuit agitée. Ton cœur se serre à l'idée qu'il peut avoir du chagrin par ta faute.

Tu continues à le dévisager alors qu'il se penche pour saisir le pain, cuit de bon matin, qui trône au centre de la table. Tu peux voir la croûte dorée se briser sous ses doigts fins et se répandre en miettes sur la surface en bois, tandis que, nullement incommodé par sa chaleur, il en arrache des parts égales qu'il offre autour de lui en souriant à chaque remerciement qu'il reçoit.

Ta mère finit par vous rejoindre. Elle apporte la casserole d'eau chaude dans laquelle elle a versé le sucre et prend le temps de s'agenouiller à vos côtés, les articulations craquant sous l'effort. Sans prononcer une parole, elle dépose une louche du mélange qu'elle a préparé dans des bols qu'elle distribue d'une main ferme. Tu attrapes la mixture qu'elle te tend et y trempes le morceau de pain que tu tiens accroché entre le pouce et l'index. Tu l'imbibes d'eau et le portes à tes lèvres, savourant son goût édulcoré tandis qu'il fond dans la bouche et te remplit le ventre, mettant un terme à la sensation de faim.

Pendant que les autres ont le nez rivé sur leur petit déjeuner, tu remercies le ciel pour ton repas. Tu as conscience que d'autres n'ont pas cette chance ; tu connais les visages émaciés de ceux qui n'ont rien. En certaines occasions, quand tu te rends en ville, tu en croises quelques-uns qui – toujours – s'évertuent à tendre leurs poignets squelettiques dans ta direction dans l'espoir que tu leur donnes de la monnaie.

Comme si tu en avais, toi.

Et tu frissonnes au souvenir du regard de mort qu'il leur arrive de poser sur toi. Chaque fois, tu détournes la tête, inquiet à la perspective d'être confronté au tourment qui habite leur âme et terrifié à l'idée qu'il puisse toucher la tienne. Ils t'effrayent tant que tu peines à fermer les yeux, la nuit, lorsque leurs figures miséreuses reviennent te hanter…

Tu te penches à nouveau sur le bol d'eau chaude. Le sucre lui a donné une couleur opaque que tu contemples, tandis que tu portes à la bouche un deuxième morceau de pain ramolli. Tu relèves la tête, mâchant avec appétit : ton regard erre sur les champs de coton que tu peux apercevoir, un peu plus loin, en bordure des routes. C'est là que tu te rendras désormais, le matin. Tu arriveras au lever du jour et repartiras à la tombée de la nuit. Tu adopteras un rythme similaire à celui de ton père qui, avec le temps, semble avoir accepté sa condition. Tu te dis que, peut-être, toi aussi tu finiras par la tolérer. Après tout, on s'habitue à la fatalité, n'est-ce pas ?

Et alors que je continue à t'imaginer perché sur le toit de la maison en pierre, les yeux perdus dans les décors montagneux de ton pays natal, je sens la colère, qui aurait dû te gagner, m'envahir.

Ta renonciation au bonheur me fend le cœur ! Je ne peux me résoudre à l'accepter.

Tu aurais mérité d'avoir la chance de concrétiser tes rêves. Toi – plus que quiconque –, tu étais en droit de revendiquer la gloire et les lauriers. C'est pour cela qu'à mon tour, je me suis engagée à perpétuer tes ambitions ; à les assimiler et à les faire devenir réalité, même s'il faut, pour cela, feindre qu'elles sont miennes.

Regarde-moi : je suis une extension de toi. Et je te prouverai qu'ils ont eu tort de croire qu'ils pouvaient décider de ta destinée.

5

Le soleil cogne fort sur ta tête. Tu sens sa chaleur te brûler la peau, tandis que tu rabats les manches de ta chemise pour protéger tes avant-bras de la voracité de ses rayons. Le visage devenu aussi rouge que la couleur de la terre sous tes pieds, tu lèves les yeux pour observer la voûte dégagée, où l'astre du jour a tout le loisir de s'imposer. La veille, tu as commencé à peler par endroits, et t'exposer de nouveau va sans doute aggraver ton état. Mais tu n'as pas d'autre choix que de te trouver dans ces plantations.

Du revers de ta main gantée, tu essuies la transpiration qui dégouline sur ton front. Quelques gouttes échappent à ta vigilance et continuent leur descente pour s'écraser sur un coin de tes lèvres. Tu les happes d'un coup de langue, et la sueur légèrement salée te laisse un goût amer dans la bouche. Réprimant une grimace, tu reportes le regard vers l'avant : tes yeux accrochent le dos de celui qui ne cesse de remuer devant toi.

Ton père te paraît incroyablement habile, si concentré sur sa tâche qu'il force l'admiration. Tu passes en revue chacun de ses gestes pour détacher de sa branche le coton, qu'il jette ensuite dans le panier dont il a serré la sangle autour de son cou. Il s'entête à vouloir le remplir, comme si sa vie en dépendait ; il œuvre sans jamais détourner son attention de sa cible, semblable à un robot incapable de ressentir des besoins primaires ou de penser par lui-même. Ses doigts saignent en raison de coupures, mais il continue à s'affairer sans paraître contrarié par le mal. En fait, il a dû te donner l'unique paire de gants qu'il possède. Et tu ne peux t'empêcher de t'en vouloir de l'avoir contraint à travailler à mains nues.

Tu constates que son panier est à nouveau plein, prêt à être déversé. Mal à l'aise, tu poses les yeux sur celui qui traîne à tes pieds pour les comparer. Le tien s'obstine à demeurer à moitié vide. La sueur a trempé ta chemise de travail qui te colle à la peau ; des crampes ont pris d'assaut tes bras et tes jambes. À force de fléchir les genoux pour courber le dos, tu commences à sentir une douleur aiguë qui court tout le long de ton épine dorsale. Bien sûr, tu évites de te plaindre, car ton père n'aimerait pas entendre tes geignements. Ils l'obligeraient à s'embarrasser de toi, et tu en mourrais de honte, oui.

D'autres individus aux corps voûtés à moitié dissimulés par les arbustes sont occupés à récolter le coton, eux aussi. Tu ne peux les voir, certes, mais tu devines les visages figés, presque inhumains, ainsi que les yeux ternes rivés au sol, tandis que, tels des automates, ils s'activent. En te baissant pour ramasser ton panier, tu te forces à étirer les lèvres afin de ne pas finir par leur ressembler. Tu veux conserver la part de toi qui fait ta fierté. Ils sont pour toi la représentation de ce que tu risques de devenir à ton tour si tu ne prends pas garde. Et tu refuses d'adopter leur air monotone. Derrière toi, l'enfant qui vous a rejoint il y a quelques semaines – et qui passait la journée à rire et à chanter, à son arrivée – a déjà perdu l'entrain qui le caractérisait. À présent, il est aussi fantomatique que ceux qui vous entourent, comme si leur humeur avait déteint sur lui.

Ravalant ton amertume, tu entonnes une comptine que tu as apprise à l'école, l'an dernier. Telle une façon singulière de rappeler l'humanité restée intacte en toi, tu laisses s'échapper la douce mélodie de ta gorge nouée. Quelques paires d'yeux surgissent hors des arbustes pour t'examiner alors que l'air que tu fredonnes leur parvient. Très vite, elles replongent dans le champ qui est en train d'être dépouillé, comme si quelques secondes dans la vie d'un ramasseur de coton pouvaient faire la différence à la fin de la journée.

L'enfant, à tes côtés, a posé sur toi son regard fatigué. Il te contemple sans broncher, comme s'il se remémorait l'époque où le travail dans les plantations lui paraissait être un nouveau terrain de jeu à conquérir. Il semble hésiter à te suivre dans ta révolte. D'un claquement de la langue, l'une des femmes qui se trouvent à proximité l'en dissuade, le sommant de se remettre à la tâche. Il se soumet d'emblée, comme il a appris à le faire, avec le temps.

Devant toi, le dos se fige : ton père suspend son geste et tressaille. À l'idée d'avoir détourné son attention, tu es pris d'une angoisse irrépressible. Tu cesses aussitôt de chanter et oses à peine respirer de peur de l'irriter davantage. Lorsque, au bout de quelques secondes, il se retourne, recroquevillé sur lui-même, tu ne peux t'empêcher de frémir, le corps plongé en avant et les doigts accrochés à une fleur de coton prête à être arrachée.

Ton regard est figé sur l'homme, qui tient le sien rivé sur ton panier. Tu rougis à l'idée qu'il jauge ta récolte. Elle est faible, comparée à celle des autres. Tu en as conscience. D'ailleurs, l'enfant derrière toi, bien qu'il soit plus jeune – et qu'il ait commencé le travail aux champs après toi –, a déjà rempli le sien une première fois.

Ton père finit par se redresser. Il ouvre la bouche pour parler, avant de se raviser. Il pose alors le regard sur la dizaine de personnes qui s'activent tout autour, comme si elles n'étaient plus capables de voir autre chose que la terre à leurs pieds.

– Tu dois faire un effort, murmure-t-il, ses yeux ne cessant de balayer les alentours. En ramasser plus… Ou ils risquent de s'en plaindre.

Honteux, tu baisses la tête. Tu sais que ton père a raison : les propriétaires de la plantation exigent une constance dans la récolte. Et il a tant fait pour t'obtenir une place à ses côtés ! Il leur a vanté ta force et ton mérite, ainsi que ta bonne volonté, que tu t'entêtes à garder pour toi.

L'embarras s'inscrit sur ton visage. Tu te retiens de pleurer. Les bancs de l'école te manquent d'autant plus qu'ils te rappellent des jours meilleurs, où il était permis d'échapper à la réalité d'être mal né. Ton frère, lui, y est encore. Et tu ne peux t'empêcher d'en vouloir à sa nonchalance. Malgré toi, tu te mets à espérer qu'à son tour il connaisse les labeurs du travail aux champs. Puis, pris de remords, tu te mords la langue pour te punir de faire preuve de cruauté à l'égard de celui que tu es censé protéger.

Ton père s'avance vers toi ; la sangle de son panier lui brûle la peau sans qu'il paraisse s'en soucier. Ses yeux sont rivés sur le coton que tu as ramassé. Ton tribut est maigre, comparé à ce qu'on attend de toi. Inquiet à l'idée qu'il puisse te le reprocher, tu esquisses un pas en arrière pour lui échapper. Mais arrivé à ta hauteur, il se contente de plonger les deux mains dans sa récolte – qu'il porte devant lui telle une offrande – et il en ressort des poignées de fibre qu'il ajoute à ta cueillette. Il agit si vite que tu as à peine le temps de comprendre son geste. Ton panier se remplit à mesure que le sien se vide.

Gêné, tu lances un coup d'œil autour de toi afin de t'assurer que personne n'est témoin de ta disgrâce. Quelques regards se posent sur vous puis se détournent, indifférents à la transaction qui s'opère. Seule une vieille femme, dont le voile recouvre la moitié du visage, secoue la tête en signe de désapprobation. Tu te sens d'autant plus honteux que c'est toi qu'elle juge. Tu voudrais forcer ton père à mettre un terme à la supercherie, mais tu oses à peine remuer un doigt. Tu es figé sur place. L'idée qu'il puisse agir de la sorte parce que tu n'es pas capable de suivre la cadence te blesse. Mais il n'y a rien que tu puisses faire pour le dissuader de continuer.

Lorsque ton panier est presque rempli, il cesse, enfin satisfait. Il esquisse un pas en arrière pour évaluer ta nouvelle récolte. Pour la première fois de la journée, il sourit.

– C'est mieux comme ça, chuchote-t-il, si bas que tu as du mal à saisir ses paroles.

Puis il s'éloigne.

Son dos, à nouveau courbé, est la seule chose que tu verras de lui jusqu'à la tombée de la nuit quand, ensemble, vous quitterez les champs pour regagner la maison. Pourtant, tu te dis que ça ne fait rien. Cela n'a plus aucune importance. Car – tu viens de le comprendre – ton père est là pour veiller sur toi et assurer tes arrières. L'idée suffit à te tranquilliser et à dissiper tes inquiétudes.

À tes côtés, l'enfant a arrêté de remuer. Les bruits qu'il faisait en arrachant le coton ont cessé. Intrigué, tu tournes la tête : le garçon a levé le visage vers le ciel pour apprécier la chaleur des rayons qui continuent à s'imposer. Çà et là, quelques nuages parsèment l'espace bleu et lisse. Ils sont si limpides qu'ils ne parviennent pas à gêner la domination du soleil.

À présent, la béatitude se lit sur le visage de l'enfant, modelant ses traits délicats. Tu comprends alors que celui qu'il était, à son arrivée aux champs, n'est pas mort ; le coton n'a pas eu raison de son entrain ! En dépit de la pression qui pèse sur lui et lui vole sa joie de vivre, sa fougue est restée intacte : elle sommeille en lui, prête à jaillir à tout instant. Et tu te forces à réprimer l'envie qui te prend de lui sauter au cou pour le remercier de la ténacité dont il fait preuve. Tu espères qu'il la conservera pour l'éternité et que nul ne parviendra à l'étouffer.

Enfin, le gamin rouvre les yeux sur son quotidien. Tu peux voir le sourire suspendu à ses lèvres, tandis qu'il baisse les cils et plonge à nouveau le regard dans la terre à ses pieds. Il rayonne et transpire le bonheur de vivre ; avide de légèreté, il se battra toujours pour l'imposer autour de lui. Et seul entre tous, tu restes debout au milieu des corps voûtés pour l'observer et l'admirer.

6

Tu laisses traîner tes pieds chaussés de sandales trouées dans la poussière des sentiers. D'une main, tu repousses les mèches de ta chevelure fraîchement lavée qui commencent à boucler sur le haut de ton front. Ta peau, mate et dorée, sent bon le savon. Tu lèves les yeux et tu observes le jour qui pâlit. La nuit ne tardera pas à tomber. Conscient que ta famille risque de s'inquiéter, tu presses le pas pour rejoindre la maison au plus vite.

Tu n'as pas pour habitude de traîner aux bains. Cette fois pourtant, tu y as croisé un ancien camarade de classe que tu n'avais plus revu depuis ton départ de l'école, et vous avez ressassé vos souvenirs. Lui aussi a abandonné les bancs scolaires. À présent, il aide sa famille à cultiver des terres héritées d'un oncle décédé l'an passé. Tout comme toi, il est entré bien trop tôt dans le monde des adultes. Et le sourire amer qu'il t'a lancé avant de te quitter t'a conforté dans l'idée qu'il en était conscient.

La douleur qui te martèle le haut du dos te sort de tes pensées. Doucement, tu presses les doigts sur ta nuque pour détendre les muscles de ton cou. À force de courber l'échine afin de semer et ramasser le coton, tu as l'impression de ne plus pouvoir te tenir droit pour contempler le monde. Bien sûr, ton cœur est lourd. Mais les larmes ont cessé de couler : au fil des années, tu as fini par te résigner à devenir comme ces autres qui t'effrayaient tant, jadis. À présent, ceux qui t'observent aux champs et ne font que passer doivent sans doute penser que tes yeux sont ternes et éteints. Comment pourrais-tu leur expliquer qu'autrefois, ils pétillaient comme les leurs ? Ils ne comprendraient pas.

Au bout de ton bras, le seau, rempli de l'eau qui a servi à te décrasser, se balance au rythme de ta marche. La fatigue te gagne pour de bon et tu réprimes un bâillement. Il se fait tard et bientôt il faudra se coucher : demain est un autre jour.

Soudain, un sifflement dans ton dos attire ton attention. Surpris, tu te retournes. La lame étincelle à la lueur des derniers rayons du soleil, et tes yeux s'attardent sur les traits de celui qui la tient au bout de son poignet.

L'adolescent a quelques années de plus que toi. Tu le reconnais : il habite un village voisin, situé à deux ou trois kilomètres de marche, à l'est. Il bégaye, balbutie quelques mots qui peinent à prendre un sens dans ton esprit. Comme conscient du danger à venir, ton cœur se met à battre avec frénésie à l'intérieur de ta poitrine ; ton pouls s'accélère, cogne contre tes tempes.

Face à toi, le garçon s'agite. Il parle beaucoup, trop et trop vite. S'il te faut du temps pour deviner l'objet du litige, tu finis par comprendre ses récriminations : il te reproche de te montrer familier avec sa sœur. La peur te gagne pour de bon : tu sais à quoi il fait allusion.

Tu oses à peine la saluer, les rares fois où tu la croises sur les chemins. Il est vrai qu'il t'arrive d'aller fumer une cigarette au puits, lorsqu'elle va y puiser de l'eau. Et tu en profites pour admirer sa taille et sa façon d'arranger les boucles de cheveux qui s'échappent de son foulard. Tu sais qu'elle suspend son geste, parfois, pour t'observer à son tour, du coin de l'œil. Elle sourit, aussi. Tu n'as jamais pris le risque de lui adresser la parole.

Tu déglutis : s'il est indéniable que tu en pinces pour elle, comment son frère l'a-t-il appris ? T'a-t-il surpris à la lorgner, dissimulé dans un bosquet ?

Tandis que tu t'interroges, le garçon s'avance, esquisse quelques pas dans ta direction. Tu n'as pas le temps de reculer ni d'esquiver l'attaque : la lame te transperce les côtes du premier coup. Ton souffle est coupé. L'agression est inattendue ; si soudaine que tu as du mal à croire qu'elle a eu lieu. Tu ouvres la bouche pour crier, appeler à l'aide, mais ta langue est paralysée par l'effroi et aucun son ne sort de tes lèvres. Tu poses une main tremblante sur ta blessure pour tenter de retenir le liquide chaud qui s'en échappe. L'adolescent continue à te fixer de ses yeux hagards. À son tour, il prend peur, et saisissant la gravité du geste qu'il vient de commettre, il lâche l'arme, tourne les talons et s'enfuit. Seul le couteau à la lame rouge, qui traîne à tes pieds, témoigne de l'attaque.

Tu te retournes, chancelant sur tes jambes, le poing pressé contre la plaie d'où le sang ne cesse de jaillir. Conscient que le temps joue en ta défaveur, tu reprends ta marche, la main droite toujours agrippée autour de l'anse du seau qui demeure immaculé, comme s'il pouvait être imperméable aux taches. Tes pensées se bousculent à l'intérieur de ton crâne en feu. Chaque pas te procure une douleur insoutenable, jamais ressentie. Les larmes te montent aux yeux, et de rage tu les balaies d'un revers de la manche. Ton visage se couvre de ton sang.

C'est alors qu'apparaît devant toi une silhouette familière : c'est ton père, qui se déplace lentement, les traits tirés et l'air fatigué. Tu comprends qu'il est parti à ta recherche dès lors que tu tardais à rentrer. Tu devines son regard perdu dans le vague, tandis qu'il progresse sur le sentier. Il ignore tout du coup qu'on vient de te donner, ce qui risque de l'achever, lui aussi.

En l'apercevant, tes pleurs redoublent d'intensité. Tu tentes tant bien que mal de le héler afin de le prévenir de ce qui t'est arrivé, mais ta gorge est nouée. Tes paupières ont du mal à rester ouvertes et ta vision se brouille. Tu esquisses un pas en avant et trébuches. La lanière de ta sandale gauche se détache de sa semelle. Les bras projetés en avant, tu défailles et atterris sur les genoux en laissant échapper le seau qui tombe au sol dans un bruit sourd. Surpris, ton père relève la tête et remarque ta présence.

Durant quelques secondes, il te contemple, incapable de réagir, à mille lieues de la réalité. Puis, quand il comprend que c'est toi et que tu te vides de ton sang au milieu du chemin, il joint les mains sur sa poitrine et pousse un cri d'horreur qui se répercute aux alentours. Lorsque enfin il parvient à récupérer le contrôle de ses membres, il s'élance vers toi, avec l'air affolé de ceux qui se savent condamnés. Tu vois ses jambes se mouvoir, tandis qu'il se rapproche, le regard rivé sur toi.

Arrivé à ta hauteur, il se laisse choir au sol et t'enlace. Sentir la chaleur de son corps te fait un bien fou. Et tu fermes les yeux pour profiter de l'odeur d'eau de Cologne qui émane de sa nuque, si douce contre toi. Le parfum t'enivre, tandis que ton visage se perd dans la chevelure noire et épaisse, identique à la tienne. Tu prends une profonde inspiration et te laisses porter par le son de sa voix, qui implore le ciel. Enfin, certain qu'il fera tout ce qui est en son pouvoir pour te garder en vie, tu consens à perdre conscience, car jamais il n'acceptera que tu quittes ce monde avant lui.

Bien sûr, la réciproque est vraie. Mais en ce jour où tu faillis rendre l'âme, dans les bras longs et fins de celui qui serait prêt à mourir pour toi, cela, tu ne le sais pas encore. Et pour ton plus grand malheur, le jour où tu le comprendras approche à grands pas.

7

Il te faudra quelques semaines pour te remettre de l'attaque. Ce soir-là, après que ton père, affolé, t'a ramené à la maison, le docteur du village est passé pour refermer ta plaie. Tu as subi la suture sans broncher ; tu as serré les dents pour prouver à ta fratrie, dispersée autour de toi, que tu n'étais plus un enfant. Mais lorsque les sanglots de ta mère, postée à l'écart, dans un coin de la pièce, sont arrivés jusqu'à toi, tu n'es pas parvenu à retenir tes larmes. Sous les regards consternés de tes frères et sœurs, tu t'es abandonné aux pleurs, les lèvres tremblantes et les joues en feu. Par chance, la blessure guérira. Le docteur l'a affirmé : tu t'en remettras. D'ailleurs, ton père veille chaque nuit pour s'assurer que c'est le cas. Il a posé sa couchette à côté de la tienne, dans la chambre. Dans l'obscurité, tu peux voir sa silhouette se pencher sur toi chaque fois qu'un geste maladroit, ravivant la douleur sur ton flanc gauche, te fait tressaillir. Celle-ci est tenace, mais elle n'est rien en comparaison de la souffrance qui s'abat sur toi, un matin de ta convalescence.

Ce jour-là, tu t'appliques à recoller la lanière qui s'est détachée de ta sandale au cours de ta chute. Quelques gouttes de sang séchées parsèment la boucle en caoutchouc, et tu les grattes du bout de l'ongle, comme si tu cherchais à ne laisser aucune trace de l'agression. Tu finis de recouvrir la semelle d'une fine couche de glu, quand des hurlements, en provenance de l'extérieur, te font sursauter. Tu poses une main sur ta cicatrice tandis que la souffrance se rappelle à toi. Ignorant le mal, tu te forces à tourner le torse pour faire face à la cour, d'où les cris ont retenti.

Assis à tes côtés, ton frère continue de mâcher le morceau de pain dans lequel il vient de mordre, comme si de rien n'était. Les sourcils froncés, tu lâches la chaussure, qui atterrit sur le tapis. Dans la pièce, ta mère, occupée à coudre un ourlet de pantalon à la main, suspend son geste et échange un regard anxieux avec ton père étendu auprès d'elle, sur les coussins. Du coin de l'œil, tu la vois qui pose son travail par terre, avant de se lever en toute hâte et de se précipiter au-dehors, ton père sur les talons.

À ton tour, tu entreprends de te mettre debout en prenant appui sur le mur en pierre derrière toi. Les jambes tremblantes, tu parviens à atteindre la porte d'entrée et te postes dans l'embrasure pour jeter un œil sur la scène qui se joue à l'extérieur de la maison. Tu peux sentir les battements de ton cœur cogner très fort dans ta poitrine.

Deux jeunes filles crient, un peu plus loin, sur les sentiers de terre. Alors que l'une tente de poursuivre sa route, l'autre a les bras en croix devant elle et s'évertue à l'en empêcher. Elles portent leur chevelure en boucles noires et flottantes sur les épaules. À la lumière du jour, leur ressemblance est frappante : grandes et fines, elles ont les mêmes traits épais. Leur peau bronzée est semblable à la tienne, et leurs lèvres charnues s'imposent sur un visage plaisant.

Tandis que tu les contemples, ton frère vient se glisser à tes côtés. Il tremble de la tête aux pieds. Apeuré par ce qu'il ne peut comprendre, il se blottit contre toi en reniflant. Ses doigts s'agrippent au tissu de ta chemise, comme s'il craignait que tu l'abandonnes. Tu passes un bras protecteur autour de ses épaules pour le rassurer. Tu sens l'impuissance te gagner tandis que tu fixes tes sœurs qui se poussent l'une l'autre sur le chemin.

L'aînée a l'air de ne pas avoir dormi depuis des jours. Son regard est hagard et sa robe blanche, à rayures jaunes et bleues, est recouverte de crasse. Elle a récemment été mariée à un homme de la ville. Inquiet, tu te demandes ce qu'elle est venue faire au village. Elle a dû parcourir des kilomètres pour le rejoindre… Serait-elle partie de nuit ? Comment a-t-elle fait pour traverser la route principale sans encombre ?

Les questions se pressent dans ta tête, tandis que tu vois tes parents arriver à la hauteur des jeunes filles. D'un même geste, ils agrippent la cadette par les épaules pour l'obliger à faire demi-tour.

– Ne reste pas ici, l'implorent-ils en chœur.

Celle-ci ouvre la bouche pour protester, avant de se résigner. Elle demeure muette et finit par s'éloigner, la mine dépitée.

L'aînée, elle, continue à pousser des hurlements qui ameutent le village entier. Lorsque ta mère tente de la saisir par la taille pour la forcer à se calmer, elle la rabroue sans ménagement.

Elle frôle l'hystérie.

À présent, la plupart des villageois se sont regroupés par dizaine pour observer la scène. Ils ont le regard accusateur et l'air réprobateur de ceux qui jugent sans savoir.

– Tu dois retourner auprès de ton mari, clament-ils à l'unisson, tandis que ton père et ta mère se sont mis à deux pour essayer de l'apaiser.

Mais nul ne parvient à lui faire entendre raison.

Le comportement de ceux qui l'entourent et secouent la tête en signe de désapprobation t'inquiète. Certains même la montrent du doigt et murmurent aux oreilles de leurs voisins ; par bonheur, tu ne les entends pas.

Ta gorge se serre.

– Que se passe-t-il ? Pourquoi grande sœur est-elle ici ? Pourquoi est-elle fâchée ?

Sans répondre, tu prends ton jeune frère par la main et l'entraînes à l'intérieur de la maison. Tu ne veux pas qu'il soit le témoin de cet esclandre. Bien sûr, tu as l'âge de comprendre les raisons des cris et de la colère de ta sœur. Mais tu ne peux les révéler.

L'enfant se contente d'obéir en te fixant de ses petits yeux sombres et craintifs. Il regagne sa place sur les coussins, dans un coin de la pièce, tandis que tu lui tends le morceau de pain qu'il avait déjà entamé.

Il le saisit sans broncher.

– Mange.

Tu ordonnes, et il se force à en avaler une bouchée, mâchant sans un bruit, comme s'il avait cessé d'exister sous ton regard intransigeant. Lorsque les cris reprennent dans la cour, tu t'installes à ses côtés, faisant fi de la douleur sur ton flanc gauche, et tu presses les paumes de tes mains contre tes oreilles pour ne plus rien entendre. Tu ramènes les genoux sous ton menton et tu fermes les yeux.

Tu as conscience de ne pas pouvoir agir. Tu es jeune et trop insignifiant encore ; le poids de tes mots ne vaut rien. Tu songes à toutes ces fois où ta sœur aînée s'est comportée avec toi comme une seconde mère. Elle t'a offert sa protection et t'a épargné les désagréments de votre vie précaire du mieux qu'elle le pouvait. Elle t'a idolâtré, et ce, depuis le jour où tu es venu au monde ! Tu ne peux le nier…

À présent qu'elle a besoin de toi, tu as la désagréable sensation de te désister. Et tandis que tu te mords les lèvres en pressant tes poings contre les tempes à t'en faire mal, ses cris continuent à résonner à l'extérieur ; ils parviennent à percer l'épaisseur de tes mains pour atteindre tes tympans, comme s'ils cherchaient à t'obliger à regarder en face la réalité.

Bien sûr, elle est retournée en ville et s'est habituée à une vie à l'opposé de celle qu'elle aurait dû avoir. Alors je m'interroge : les choses auraient-elles été différentes si tu avais dit à ceux-là qui la jugeaient de mettre un terme à leurs accusations ? Son existence aurait-elle pris un autre tournant s'ils l'avaient laissée revenir dans ce village qui lui manquait tant ? Car en fait, ce qui lui importait, c'était de retourner à sa vie d'avant ; ce qu'il lui fallait, c'était retrouver sa terre natale, à laquelle elle était liée par une force indescriptible et un attachement sans faille.

Elle était faite comme toi, oui !

Par moments, quand tu me dévisages de ton regard triste, c'est elle que tu vois à travers moi. C'est ce que tu dis. Ces traits, que tu distingues sur ma figure, te rappellent les siens, autrefois. Et tu revis ce jour où elle s'est insurgée contre le sort que la vie lui réservait…

Tu sais, cet amour que tu lui portes toujours, en dépit de la mort qui vous sépare aujourd'hui, s'est transposé dans celui que je lui voue, moi. C'est ma manière de riposter à l'injustice qui vous a touchés, elle et toi.

Tu vois, moi aussi, je suis faite comme toi.

8

Les femmes posent le voile rouge sur la tête de la promise. Le tissu, orné de perles, tombe sur la figure de la jeune fille en ne la dissimulant qu'à moitié. Posté en face d'elle, tu en profites pour admirer ses traits sublimés par le rouge à ses lèvres et le khôl à ses yeux. Sa robe, portée quelques années auparavant par son aînée, couvre ses pieds. Le vêtement descend jusqu'au sol, lui conférant une aura mystique à laquelle tu n'es pas habitué. Quelques bijoux, offerts pour l'occasion par les invitées venues des villes, ornent son cou et pendent aux lobes de ses oreilles. Tu dois l'admettre : sa parure l'embellit. Alors que tu prends le temps de finir d'attacher le ruban autour de sa taille, tu notes son air craintif. Sous l'insistance de ton regard, ta sœur cadette baisse les cils, gênée de l'attention qu'elle reçoit.

Les hommes n'ont pas l'autorisation de pénétrer à l'intérieur de la maison, où les préparatifs autour de la future mariée vont bon train. Contrairement à toi, ils ne peuvent l'approcher. Pas encore, du moins. Et tandis que, les jambes flageolantes, tu appréhendes la séparation imminente et la douleur inhérente, ses doigts, recouverts de henné, s'agrippent à ton poignet, semblant se raccrocher à toi pour repousser l'heure du départ.

– J'ai peur…

Elle a parlé à voix basse afin de n'être entendue que de toi. Ses mots, prononcés dans un souffle, te brisent le cœur. Pour éviter de céder, tu poses une main ferme sur celle qui t'emprisonne pour la forcer à lâcher prise. Les muscles saillent de tes bras tandis qu'elle résiste, comme si sa force pouvait être comparable à la tienne. Au bout de quelques secondes, elle finit par capituler. En un instant, vous voilà séparés pour de bon.

Confus, tu l'observes tandis qu'elle s'en va rejoindre le mari qu'on a choisi pour elle. Tu te dis que, avec le temps, il arrivera à te remplacer dans son cœur. Tu as envie de retarder le moment où elle deviendra une étrangère pour toi. Mais tu redoutes les remontrances des anciens – postés à l'extérieur pour s'assurer que la tradition est respectée et que la cérémonie commence. Tu laisses alors les femmes emmener ta cadette qui tourne la tête et continue à te dévisager. Pétrifié, la gorge sèche, tu la regardes rejoindre celui qu'elle doit épouser.

Dehors, la fête a commencé. Le son des tambours et des flûtes traditionnelles, ornées de longs rubans flottants, retentit. L'orchestre, composé de quelques amateurs du village, joue des chansons populaires. C'est le moment que les invités attendent : ravis, les voilà qui chantent et applaudissent la future mariée sortant de sa tanière.

Dans un coin de la pièce qui se vide, assise à même le sol, ta sœur aînée, elle, reste à l'écart des festivités. Le voile – d'une couleur aussi sombre que l'iris de ses yeux – noué autour de la tête, elle contemple simplement le monde qui s'agite devant elle. Elle a replié les jambes sous elle en prenant soin de rabattre sa robe pour dissimuler ses mollets. Et lorsque tu l'invites à se joindre à la cérémonie, elle refuse d'un signe de la tête.

Alors tu te forces à sortir à ton tour. D'un pas lourd, tu rejoins le seuil de la porte pour observer le cortège. La foule s'est amassée pour célébrer les noces. Tu connais ceux qui la composent : du plus ancien au plus jeune, nul n'a voulu rater cette occasion de se rassembler et d'oublier les désagréments de la misère quotidienne. Les tambours continuent à retentir et résonnent douloureusement à tes oreilles, alors que les musiciens, eux, s'en donnent à cœur joie. Un cercle se forme autour d'eux : les villageois s'agrippent par les bras et font valser leurs jambes au rythme des percussions. Quelques vieillards tentent tant bien que mal de leur rappeler qu'ils brûlent les étapes et que la ronde est réservée aux festivités de la nuit. Les danseurs ne les écoutent pas et ne paraissent aucunement inquiétés par leurs mines réprobatrices.

Alors que tu te perds dans la contemplation des célébrations, tes yeux croisent une silhouette chère à ton cœur : c'est celle de ton père, qui se tient au milieu des anciens. Il a le visage tourné vers la foule qui entoure la fille bien-aimée, qu'il confie à un autre. Il s'est apprêté pour l'occasion. Le costume qu'il porte – le seul qu'il possédera jamais – est celui qu'il avait revêtu au mariage de l'aînée. Il est peigné, rasé de près. Et ce matin, tu l'as vu qui s'aspergeait d'eau de Cologne afin de sentir bon.

Tu détailles ses traits fatigués en te demandant s'il parviendra à se faire à ce nouveau départ. Il garde le sourire, pourtant, comme s'il devait bénir l'union pour laquelle il a déjà donné son consentement. Le destin qu'il a choisi pour la cadette est-il meilleur que celui qu'il avait à lui offrir ? Tu n'en es pas sûr.

Une autre silhouette – menue, celle-là – capte ton attention. C'est celle de ton jeune frère, qui se tient à l'écart dans la cour, le dos appuyé contre un mur en pierre. Il sort à peine de l'enfance et se donne déjà des airs de grande personne. Les paupières mi-closes et la mine revêche, il a les doigts crispés autour d'un verre d'alcool qu'il ne parvient pas à terminer. Il le porte à ses lèvres, de temps à autre, pour en aspirer quelques gouttes. Mais – toujours – il finit par baisser le bras en réprimant une grimace de dégoût. Il s'efforce de demeurer à proximité du clan des hommes mais, loin d'y avoir trouvé sa place, il semble plus isolé que jamais. Lorsqu'il croise ton regard, il feint l'indifférence en reportant les yeux sur sa sœur, qui suscite la curiosité de tous les invités.

Cette dernière se tient à présent auprès du promis, qui paraît tout aussi décontenancé qu'elle. Fraîchement rasé, il fait plus jeune qu'il ne l'est. Toutefois – tu dois l'admettre –, son visage reste avenant. Le travail manuel qu'il effectue dans la fabrique de son père n'a pas creusé ses traits et n'a laissé aucune trace sur son corps. La façon maladroite qu'il a de sautiller sur place, au rythme de la musique, le rend d'autant plus attachant.

Des coups de feu, tirés en l'air par les plus téméraires, surprennent la foule qui cherche les responsables. Dans le tumulte, nul n'a prêté attention à l'arrivée de la jument, brossée et ferrée pour l'occasion. Guidée par les hommes du village, la bête semble effrayée par la masse hystérique vers laquelle elle est menée. Lorsque les têtes se tournent vers elle, ravies de son arrivée et du moment qu'elle annonce, la jument tente de faire demi-tour en tirant sur les lanières glissées autour de son encolure. La poigne qui les retient est solide et ne cède pas. Et l'animal finit par se soumettre, tout comme les futurs mariés que la marée humaine entraîne en direction du chemin de terre.

Sous les louanges et les félicitations de la foule, le couple doit hâter le pas. On le pousse et le presse de toutes parts. D'ici peu, l'union sera scellée et les festivités commenceront au domicile de la famille du promis. Les femmes doivent dès lors rentrer pour terminer de préparer les plats de feuilles de vigne farcies de riz et d'agneau.

À présent, les larmes roulent le long des joues de la cadette. Elle prend enfin conscience qu'elle se dirige vers sa nouvelle vie. Ton cœur se serre en la voyant qui sanglote. Le garçon, à ses côtés, tente tant bien que mal de la réconforter en lui tapotant l'épaule du bout des doigts, mais elle ne réagit pas à son geste maladroit. Et du coin de l'œil, tu peux apercevoir ton frère qui, seul dans son coin, s'essuie le nez du revers de la manche.

Tu hésites à t'élancer vers le couple pour embrasser celle qui restera unie à toi par les liens du sang. La cohue est si dense que tu en abandonnes l'idée. D'ailleurs, la jeune fille semble ne plus savoir où donner de la tête, poussée qu'elle est vers sa destinée. Elle a beau essayer de retarder le moment où elle devra monter le cheval pour rejoindre sa belle-famille, rien n'y fait. Elle se retrouve en face de l'animal – aussi terrifié qu'elle – et est hissée à bout de bras sur son dos. Le garçon, docile, se range à ses côtés, prêt à suivre le cortège. Il garde la tête baissée pour éviter de voir la fierté qui éclaire les visages qui l'entourent. Le défilé, mené par la jument, quitte les lieux, pris en filature par une dizaine d'enfants heureux de pouvoir enfin laisser libre cours à leur folie sans en subir les conséquences.

Avant de disparaître, ta sœur cadette se retourne une dernière fois sur le groupe qui est demeuré sur place : la famille la regarde sans tenter de la retenir. Elle insiste, essaie de puiser dans la vision de sa fratrie disloquée la force d'avancer. Et ses yeux finissent par te trouver.

Tu lèves la main et la salues d'un geste qui se veut confiant, tandis que, ne faisant plus aucun effort pour dissimuler sa tristesse, ton frère pleure pour de bon, son verre plein tremblant au bout de ses doigts. L'aînée, venue assister à la scène du départ, est derrière toi. Après avoir réajusté son voile sur ses cheveux, elle fait volte-face et retourne à l'intérieur de la maison, l'air impassible, afin de faire frire la viande qui sera servie aux festivités du soir.

Quant à ton père – dont tu devines la peine et le chagrin –, il est le dernier à s'en aller. Alors que tout ce monde, venu célébrer les noces, se disperse pour se préparer aux réjouissances de la nuit, il demeure immobile et silencieux, seul au milieu de la cour. Les yeux secs posés sur l'horizon, il fixe obstinément le point où sa cadette s'éloigne pour rejoindre sa destinée.

9

Tour à tour, les convives quittent la maison de l'ancien où le village s'est retrouvé pour honorer le pays. La soirée touche à sa fin ; la fatigue reprend le dessus. Les visages comme les yeux – rivés sur les derniers feux d'artifice qui explosent dans le ciel – perdent de leur éclat. Les regards se brouillent ; les têtes se baissent. L'alcool est bu d'une traite. Les sièges en bois, installés dans la cour pour permettre aux plus âgés de mieux profiter du spectacle, craquent sous leur poids. Les sandales, chaussant leurs pieds sales, raclent la terre durcie par les années.

À son tour, ton père se lève pour prendre congé. Posté à proximité, tu le vois qui s'incline pour saluer son hôte. Tu aimerais qu'il se presse, car la nuit sera courte, et il faudra se réveiller à l'aurore pour reprendre le travail aux champs. Mais tu n'oses pas élever la voix : tu crains d'attirer l'attention.

Les femmes, elles, ont commencé à débarrasser les restes du dîner. Tels des soldats exécutant une parade savamment orchestrée, elles se regroupent autour des tables pour ramasser les plats vides, de ce même geste ferme et habile qui caractérise les villageoises depuis des générations. D'autres, accroupies au fond de la cour, ont les mains plongées dans des bassines d'eau chaude posées au sol. Elles s'affairent à dégraisser les assiettes qui s'y entassent. Dans l'obscurité de la nuit, tu peux voir leurs profils se toucher tandis qu'elles se penchent l'une vers l'autre pour mieux entendre ce qu'elles se racontent, entre le récurage de deux casseroles.

Une dernière explosion t'oblige à détourner le regard. Durant quelques secondes, tu te perds, admiratif, dans la contemplation des particules de poussière multicolores qui descendent du ciel pour rejoindre le sol – sans jamais l'atteindre. Des murmures, bravant la fatigue, parviennent à toi, et tu tends l'oreille. Tu saisis quelques-unes de ces discussions bizarres dans lesquelles quelques individus ivres semblent s'être égarés. Puis tu reportes ton attention sur ton père, qui s'éternise chez l'ancien et n'en finit plus de le remercier pour la soirée qu'il a passée. En dépit de ses tentatives pour se tenir droit, il demeure courbé. Ses membres tremblotent et ses doigts, rêches et noueux, s'agrippent au dossier d'une chaise. Il chancelle, mais tu t'abstiens de t'élancer pour l'empêcher de tomber, car tu risquerais d'exposer sa faiblesse. Or, si son infirmité est connue, elle est tue. Il semble qu'au village, tous se sont mis d'accord pour ne jamais en parler.

Près de toi, ton jeune frère perd son calme, lui aussi. Il caresse du bout de ses ongles sales la barrière qui délimite la propriété de l'ancien. Déjà, il a posé le pied à l'extérieur de la cour pour filer dans la nuit. Tu comprends que jamais tu ne réussiras à le retenir auprès de toi.

Tes yeux scrutent sa silhouette menue et surveillent chacune de ses réactions, comme pour en apprendre davantage sur lui. Quand il s'aperçoit que tu l'observes à son insu, sa colère se ravive. Il abandonne son poste d'observation pour venir à toi ; quelque peu ivre, il approche en titubant avec une détermination farouche. Arrivé à ta hauteur, d'un air effronté, il te fait part de sa volonté de prendre de l'avance pour rentrer. Il est prêt à marcher seul dans la nuit ; tu acquiesces, comme s'il fallait que tu donnes ton accord pour qu'il puisse te quitter.

Éprouvant des difficultés à se déplacer sans trébucher, il s'en va rejoindre le sentier qui mène à la maison familiale. Ton cœur se serre à l'idée qu'il est tout ce qu'il te reste de ta fratrie, à présent. Une fois sa silhouette engloutie par la pénombre, tu te tiens un long moment immobile à contempler l'obscurité qui s'étend sous tes yeux fatigués.

La voix familière de ton père, qui arrive jusqu'à toi, t'oblige à détourner le regard. Tu fixes son corps malingre, si fragile alors qu'il se penche une dernière fois pour embrasser l'ancien et lui rendre hommage. Puis il se redresse, bombe le torse et pivote sur lui-même pour se mettre en route. Il passe devant toi sans prendre la peine de te regarder, comme s'il était normal que tu le suives sans te plaindre ni contester son autorité sur toi.

Devant vous, au bout du sentier, ton frère se déplace en vacillant, pressé de creuser la distance qui vous sépare. On dirait qu'il a deviné votre présence dans son dos et cherche à vous semer. Tu pourrais le héler afin qu'il stoppe sa course et attende que vous le rejoigniez. Mais tu le connais : il refuse de marcher à vos côtés. Et pour ne pas avoir à supporter son insolence, tu choisis de le laisser se perdre dans la nuit.

La route est longue, mais ton père semble vouloir prendre son temps. Il paraît insensible à la fatigue, comme si le sommeil ne pouvait le happer, alors qu'il te faut puiser dans tes dernières forces pour continuer à avancer. Tu luttes pour garder les yeux ouverts. Pour te redonner courage, tu songes aux draps qui t'attendent, dans la pièce de la maison où ta mère doit déjà être couchée, seule avec sa peine.

Elle n'a pas souhaité prendre part aux festivités. La malheureuse a perdu le goût de vivre depuis qu'elle a vu ses filles quitter le foyer. Tu voudrais la rejoindre au plus vite afin d'éviter qu'elle se sente abandonnée ou négligée. Mais lorsque tu tentes de presser le pas de ton père, il se contente de hausser les épaules en maintenant la cadence de sa marche. Et tu dois te plier à sa volonté.

Au loin, ton frère a fini par disparaître pour de bon. Depuis que lui aussi travaille aux champs, il a adopté un air plus pitoyable encore. Tu devines l'état d'épuisement dans lequel il se trouve, lui qui n'est toujours pas parvenu à s'habituer à son nouveau rythme de vie. Te rappelant la mélancolie qu'il traîne derrière lui en toutes circonstances, tu t'interroges ; tu te demandes s'il est possible d'être heureux si l'on s'en persuade...

La nuit est calme et douce ; la lune, ronde et parfaite. Tu penses à l'homme, meurtri par le mal, qui trotte à tes côtés. C'est à peine s'il parvient à dissimuler sa douleur, d'ailleurs. L'angoisse t'étreint à l'idée qu'un jour il ne sera plus de ce monde pour t'accompagner sur les chemins. La place qu'il occupe aujourd'hui finira par devenir vacante. Et ce, pour toujours.

Pour éviter que le chagrin te submerge, tu te forces à briser le silence qui s'est installé entre vous.

Pense-t-il que tes sœurs se feront à leur nouvelle vie ? Il sourit en songeant aux jeunes filles qu'il chérit. Confiant, il dit qu'elles y parviendront si elles s'en donnent les moyens. Car le bonheur se construit ; il est à la portée de quiconque choisit d'y accéder, quelle que soit sa richesse matérielle ou spirituelle. Il suffit de le désirer vraiment.

Le bonheur se bâtit, te dit-il. Et tu acquiesces, peu convaincu. La mine désolée qu'adopte l'aînée, quand elle passe vous visiter, te laisse dubitatif. Chaque fois, la jeune fille reste recluse dans la cuisine, à s'occuper d'un repas auquel elle ne touche pas. Se pourrait-il qu'elle puisse être heureuse en le décidant simplement ? Et son sourire feint, qui déchire le cœur de tous ceux qui la connaissent… Deviendrait-il authentique si elle acceptait de mettre en pratique les propos tenus par son père ?

A-t-elle essayé, seulement ?

– Elles me manquent, finis-tu par lâcher dans un souffle. Toutes les deux…

Pris de court par ton audace, ton père pose sur toi les reflets verts de ses yeux. Tu devines qu'il pense à peu près la même chose que toi. Pourtant, il se retient de partager sa peine et préfère donner l'illusion de ne pas souffrir de leur absence.

– Je déteste avoir à grandir, ajoutes-tu en poursuivant sur ta lancée. J'aurais aimé que jamais rien ne change.

Et ton père t'écoute, toujours sans broncher.

L'obscurité de la nuit est si dense ! C'est à peine si tu aperçois le bout de tes souliers usés qui foulent la terre. La brise fait danser les tiges des cotonniers dans les champs qui vous entourent. Leur douce mélodie arrive jusqu'à toi. Tu voudrais te coucher là, de tout ton long sur le chemin, et poser ta tête sur le sol pour profiter de la vue de ces millions d'étoiles qui toujours te fascinent. Mais tu as grandi : tu ne peux plus te comporter comme l'enfant que tu as été.

Alors tu poursuis ta marche.

– Tu es jeune, encore. Tu as la vie devant toi…

Le bruissement des branches, agitées par le souffle du vent, continue à jouer son triste refrain à tes oreilles, accentuant ta nostalgie. Tu ressens leurs frémissements qui t'envahissent et parcourent la surface de ta peau. Qu'il est douloureux d'avoir conscience de ce que l'on est amené à perdre au fil du temps ! Il semble que la vie soit faite pour être rejetée, afin que le dénouement qu'elle offre soit plus facilement accepté.

C'est la sensation que te procure cette nuit.

– Ne m'abandonne pas.

Le silence résolu qui suit cette prière pèse sur toi et sème le doute dans ton esprit. Les mots se sont précipités jusqu'à tes lèvres, oui. Les ont-ils franchies ? Ton père les a-t-il entendus ? Tu n'en es pas certain. Et lui pose une main affectueuse sur ton épaule pour te réconforter.

La lueur de la lune est la seule à guider vos pas, sur cette route maintes fois parcourue. Tu lâches un soupir de désolation à l'idée qu'à l'aube il faudra te lever pour l'emprunter à nouveau et rejoindre ces champs, devant lesquels tu ploieras le genou et courberas l'échine.

Les difficultés de ton quotidien sont sans fin : même les périodes de trêve que le ciel t'accorde ne les atténuent pas. Et si, au fil des ans, tu as dû te résigner, aujourd'hui, tu as fini par les accepter.

10

De retour au village après avoir accompagné ton père en ville, tu prends garde de ne pas trébucher. Épuisé, tu longes les plantations qui te sont devenues si familières, avec le temps. Les années passées à récolter le coton n'ont pas réussi à effacer l'éclat de tes yeux qui, à présent, séduisent les gens autour de toi. Au bout de tes bras maigres, tes doigts sont raides et couverts de cicatrices ; ton corps s'est certes allongé, mais il demeure chétif et trahit ton épuisement.

À tes côtés, ton père est pensif. Il se déplace, le regard rivé au loin. Il n'a pas prononcé un mot depuis que le minibus vous a déposés à l'entrée du village. Déjà cet après-midi, après t'être inscrit au bureau de conscription, tu as tenté d'engager la conversation pour en savoir davantage sur le service militaire. Tu aurais aimé que ton père te rassure sur ce qui t'attend. Il est resté évasif, l'air soucieux et absent. Tu voudrais l'interroger sur ses plaintes ; comprendre les raisons de son trouble. Tu n'oses pas. Tu ne souhaites pas briser le silence qu'il a imposé autour de toi. Tu te contentes de lui emboîter le pas en prenant soin d'adapter ton rythme au sien.

L'air chaud caresse ton visage. Il semble prendre plaisir à ébouriffer ta chevelure épaisse, qui peine à rester plaquée sur le sommet de ton crâne bien que tu la rejettes en permanence. Le soleil se couche sur l'horizon, et l'odeur familière des champs blancs de coton, qui s'étendent à perte de vue, arrive jusqu'à toi. Tu laisses courir tes doigts sur quelques feuilles sèches qui bordent la route, t'attardant à peine. Certaines demeurent accrochées à ta main, et tu les émiettes dans le creux de ta paume avant de les semer au vent. Ton regard se pose sur le dos de l'homme qui a pris de l'avance sur toi. Tu te souviens qu'enfant tu aimais grimper sur ses épaules. Il te portait, parcourait les chemins sans se lasser ni se fatiguer ; sans jamais se plaindre.

Aujourd'hui, bien sûr, la situation a changé. La maladie l'a affaibli. Il est usé, si délicat ! Son pas traîne et n'est plus aussi ferme qu'autrefois. La lueur dans ses yeux s'est éteinte et ses lèvres s'étirent de moins en moins souvent, comme s'il ne parvenait plus à sourire à la vie.

– Tu seras le chef de famille. Ne l'oublie pas…

Il a murmuré ces mots, mais la brise a porté sa voix jusqu'à toi. Ton sang se glace tandis que les paroles prennent un sens terrifiant à tes oreilles. Tu t'efforces d'apaiser tes craintes, mais ton pouls s'accélère.

Tu n'aimes pas parler de ces choses qui t'attristent.

Tu retiens ta respiration, espérant que ton père replongera dans le silence à présent qu'il a dit ce qu'il avait sur le cœur. Tu l'observes pendant qu'il chemine. Tu te demandes ce qu'il adviendra de vous lorsqu'il ne sera plus là pour vous guider. Tu ne crois pas être fait pour endosser le rôle qu'il a joué toutes ces années et qu'il t'assigne à présent, sans avoir l'air d'en douter. Comme si les mots suffisaient à forger le caractère d'un homme…

– J'ai marché sur ces mêmes routes, étant petit. Plus d'une fois. Et aujourd'hui, regarde-moi : à l'aube de ma mort, me voilà à nouveau sur ces chemins…

Ton père paraît ne plus vouloir s'arrêter de parler. Tu te mets à prier intérieurement pour qu'il cesse. En dépit de ton âge, tu es resté un enfant ; tu ne souhaites pas être inclus dans ces conversations d'adulte qui te dépassent.

– Quelle ironie, n'est-ce pas ?

Pour lui, rien n'a changé : il va mourir dans ce village qui l'a vu naître, sans avoir eu l'occasion de le quitter. Tu devines les regrets qui le gagnent, tandis qu'il soliloque, et que chacun des mots qui jaillissent de ses lèvres enfonce un peu plus le pieu déjà planté dans ton cœur. Sa voix tremble. Tu continues à l'écouter en te retenant de laisser s'échapper les sanglots qui te montent à la gorge. Il te voit comme un homme, lui. Tu sais qu'il attend de toi que tu te comportes comme tel.

Le son de sa voix est de plus en plus faible. Il chuchote à présent, et il te faut tendre l'oreille pour saisir ses paroles. Au loin, le soleil disparaît. La pénombre vous enveloppe, enrobe vos silhouettes. Tu presses le pas pour le rejoindre. Vous devez rentrer ! Bientôt, il fera nuit…

Lui soupire et se remet à discourir. Tu voudrais hurler pour qu'il se taise ! Tu ne désires pas entendre ce qu'il a à dire… Il poursuit néanmoins, comme si de rien n'était. Il ne regrette rien, tout ce qu'il a fait, c'est pour vous. Il n'a jamais vécu pour lui-même et n'aurait eu aucun mérite à le faire.

Tu te mords les lèvres à t'en faire mal. Tu ne dois pas répliquer. Tu le sais : tu éclaterais en sanglots. Les larmes te montent aux yeux à la seule pensée de le perdre…

– Promets-moi que tu partiras, dit-il en te serrant le bras avec une force soudaine, surgie de nulle part. Ne croupis pas ici, toi. Donne la possibilité à tes enfants d'obtenir le respect de ces gens qui nous dénigrent, lorsqu'ils nous voient passer et raser les murs.

Tu tournes la tête et contemples ton père, qui s'obstine à regarder devant lui, fixant la route comme s'il marchait seul. Tu as conscience qu'il exprime là sa dernière volonté, dont tu seras à jamais l'unique garant.

Les premières étoiles apparaissent dans le ciel ; la faible lueur de la lune arrive jusqu'à vous. Tu comprends alors combien tu le regretteras, quand il ne sera plus de ce monde. Tu n'es pas sans l'ignorer : le compte à rebours a commencé. Te voilà résigné à attendre que la mort passe, sans savoir si tu survivras au vide qu'elle laissera dans ton cœur.

– Je te le promets.

Tu as murmuré ces mots sans être certain qu'il les a entendus. Cela ne fait rien. Tu pries le ciel pour qu'il te donne le courage de ne pas manquer à ta parole, lorsque le jour viendra de tenir ta promesse.

Ce jour où ton père s'en ira.

Tu as tant souffert de le perdre ! La douleur a été si forte que ton regard s'est éteint et que l'existence te paraît terne, depuis.

Plus rien ne te réjouit.

Adossé au mur de la chambre à coucher, les jambes allongées devant toi, tu fixes ton père étendu sur le matelas. Les draps qui recouvrent son corps se soulèvent au rythme de sa respiration qui s'affaiblit. La gorge nouée, tu balaies les larmes qui te montent aux yeux et roulent le long de tes joues pâles. Tes pires craintes sont en train de se matérialiser : te voilà face à l'inévitable. Mais tu ne dois pas pleurer, non. Tu ne peux pas sombrer alors que tous comptent sur toi pour les épauler, quand le moment sera venu de le faire. D'ici quelques heures – tout au plus. Car il n'y en a plus pour longtemps.

Le village entier s'est mobilisé pour l'emmener voir un docteur de la ville, quelques jours plus tôt. Vous ne pouviez pas assumer les frais que l'hospitalisation implique. Alors vous avez été contraints de vous soumettre et d'accepter votre sort, comme vous avez appris à le faire depuis des générations. Vous avez regagné vos montagnes, le malade à moitié inconscient dans vos bras ; vous avez rebroussé chemin dans un silence à rendre fou, uniquement entrecoupé par les gémissements du mourant.

Cela fait plusieurs nuits, depuis, que tu veilles, combattant la fatigue et la peur. Quand, par mégarde, il t'arrive de t'assoupir, tu t'en veux. Et tu te redresses et te tournes vers cet homme endormi afin de t'assurer qu'il respire toujours. La faiblesse de son pouls te serre le cœur. Un chagrin incommensurable, incomparable avec tout ce que tu as pu connaître jusqu'ici, t'envahit. Dans la pénombre de cette nuit sans lune, le dos calé contre le mur de la pièce où le malade est alité, tu veilles, impuissant, ton père qui se meurt. Tu guettes les souffles qui soulèvent ses poumons et tu te demandes lequel d'entre eux sera le dernier. Les convulsions, à intervalles réguliers, de son corps étendu te déchirent l'âme.

Le voilà qui maugrée dans son sommeil et laisse s'échapper des mots étranges, inintelligibles. Tu approches, le visage en sueur. Quand il se met à se débattre, ses mains projetées devant lui comme si elles cherchaient à combattre un être invisible à l'œil nu, tu prends peur et agrippes ses poignets.

Tu oses à peine respirer de peur de le réveiller ; tu te contentes de rappeler ta présence en t'accrochant à lui. Tu crains qu'il s'évapore sous tes yeux si tu venais à dévier, ne serait-ce qu'un instant, ton regard de son corps frêle. Tu as conscience, à présent, que seules tes prières pourraient encore vous sauver – lui, comme toi. Car tu redoutes tant sa mort ! Elle te terrifie. Et même si tu as compris que cette nuit était la dernière, tu continues à espérer qu'un miracle se produira.

Aucun miracle n'a lieu. Ton père s'éteint, au petit matin, couché sur ce matelas usé, dans l'agonie de la maladie que d'autres ont refusé de traiter, alors qu'ils auraient pu le faire. Ton chagrin a dû être immense ! Tu avais placé tant d'amour en lui…

Les mois qui ont suivi sa mort, tu as pleuré et déploré sa perte, reclus dans la maison qui rappelait sa présence et dont chaque recoin exhalait son odeur. Tu es resté allongé sur le sol des journées entières, les bras en croix et le corps immobile, le regard rivé sur le plafond écaillé, à songer à celui dont l'absence torturait ton cœur et ta chair. Tu as passé des nuits sur le toit, seul, la tête appuyée sur la pierre, à observer la luminosité de ces étoiles qui te séduisaient tant jadis, et dont la splendeur ne parvenait plus à susciter ton intérêt. Entre deux rêves agités, tu as ouvert les paupières pour découvrir les sillons de tes larmes qui avaient tracé leur chemin le long de tes joues. Tu les as effacés d'un geste désinvolte de la main, avant de replonger dans les troubles de ton inconscience. Trop souvent, tu t'es retrouvé à errer sur les sentiers du village, le nez rivé sur tes pieds, sans jamais oser poser le regard sur la nature autour de toi. Tu es devenu indifférent à tout ce qui avait pu t'émerveiller jusque-là, si bien que tu t'es demandé ce que tu avais pu trouver à ces paysages si ternes.

Tu as longtemps perdu le goût des belles choses.

Il t'est aussi arrivé de craindre d'oublier ses traits ou le son de sa voix, et tu t'es forcé à te les remémorer en fermant les yeux, si fort qu'ils finissaient par te faire mal. Et tu as pesté contre le ciel qui t'a pris le seul être que tu aurais souhaité garder auprès de toi pour toujours. Puis, t'en voulant aussitôt, tu as demandé pardon et prié pour le salut de cette âme partie trop tôt.

Longtemps, tu as refusé toute allusion à sa mort. Des semaines après, tu éprouvais une colère noire contre quiconque enfreignait la règle que tu avais imposée autour de toi ; tu ne faisais preuve d'aucune pitié pour ceux qui t'obligeaient à faire face à la réalité de sa perte. La souffrance du deuil était trop vive, et tu n'avais pas la force de t'en libérer. Aujourd'hui encore, les rares fois où tu abordes cet épisode de ta vie, tu ne parviens pas à taire ta douleur.

Ta peine engendre la mienne, car j'ai le privilège de te comprendre, oui. Il me suffit de me projeter en toi, et je peux ressentir la mélancolie qui t'habite et ne te quitte plus ; cette nostalgie d'une époque révolue, qui t'empêche de te perdre dans les plaisirs de l'instant présent et te charrie d'un souvenir à l'autre.

Parfois, quand, l'espace d'un fou rire, tu crois ta peine disparue, évaporée dans les méandres de l'existence, elle refait surface et t'assomme, comme un uppercut que tu n'aurais pas vu venir. Elle te met K-O d'un coup. Bam ! Black-out.

Tu imagines le revers ! Dieu, que tu as souffert !

Moi, j'aurais souffert.

11

Le coup est parti, sans prévenir ; un poing, projeté à toute vitesse, qui t'a accroché la mâchoire, avant de te faire chuter sur les graviers, la tête la première.

– Saleté de rouge !

Un filet de bave, mêlé de ton sang, coule le long de ton menton fraîchement rasé. Ignorant l'insulte, tu craches par terre pour te défaire du goût amer que le mélange a laissé dans ta bouche et tâtes d'un doigt tremblant ta lèvre meurtrie. Autour de toi, le sol commence à tanguer. Ton crâne a heurté le chemin de terre, beaucoup trop fort, et dans la chute ton béret est tombé de ta tête. Il repose à présent dans la poussière, à quelques pas de toi. Sans réfléchir, tu tends le bras pour le saisir. Une botte noire vient aussitôt écraser les os de ta main, et tu pousses un cri de douleur tandis que tu sens le mal te transpercer l'épaule.

La botte noire change alors de tactique. Comme si tu ne souffrais pas assez à son goût, elle se met à t'asséner plusieurs coups dans le ventre. Tous te coupent le souffle, et, plié en deux, tu portes les poings devant ton visage pour le protéger. Entre tes cils, tu aperçois d'autres bottes, autour. Témoins de ta disgrâce, aucun de ceux qui les portent ne bouge pour te secourir. Tu fermes les yeux pour t'évader par la pensée et te remémorer des jours plus heureux, loin de ce camp que tu exècres.

Il est vrai que tu n'étais pas enthousiaste à l'idée de quitter le village pour effectuer ton service militaire. Tu te doutais bien que des jours troubles t'attendaient, à la caserne. Mais rien n'aurait pu te préparer à une telle déconvenue. Depuis que tu es entré à l'armée, tu en prends pour ton grade chaque semaine. Tes origines ethniques ou ton affiliation communautaire – que tu avais pris soin de cacher… –, tout est devenu prétexte aux injures et aux coups, et tu désespères de ne pas en avoir terminé avec le régiment. Trop souvent, tu te retrouves à devoir panser tes plaies le jour et à ravaler tes larmes la nuit. Tu voudrais oublier au plus vite ce pan de ta vie où l'on a tenté de t'apprendre à obéir tel un chien, diras-tu plus tard.

Un dernier coup de la botte noire, porté par le talon cette fois, t'écrase la face et te ramène à la réalité. Des étoiles dansent sous tes yeux tandis que, le visage ensanglanté, tu peux apercevoir la beauté du ciel bleu dégagé au-dessus de ta tête. La météo est clémente ; l'air est doux et la chaleur, apaisante. Des larmes apparaissent au ras de tes cils, et tu fermes les paupières pour ne pas pleurer. Tu n'as pas le droit de passer pour un faible : tu recevrais une double correction pour la peine. Et, les lèvres serrées, tu fais mine de ne pas être dérangé par la douleur, bien qu'en vérité ton âme hurle sa détresse.

Tu demeures là, la figure baignée par les rayons de soleil qui paraissent vouloir réchauffer ton cœur. Autour de toi, les bottes noires, lassées du spectacle, finissent par s'en aller une à une. Tu comprends que, si elles en ont terminé avec toi pour aujourd'hui, elles seront peut-être de retour demain.

Enfin, tu te retrouves seul. Tu adoptes une respiration lente et profonde, et parviens à reprendre tes esprits et à te calmer. Tu pourrais rester dans la terre et la poussière jusqu'à ce que la souffrance quitte ton corps pour de bon. Mais le chef du camp, qui a assisté à la scène sans broncher, en a décidé autrement. Le voilà qui s'avance vers toi d'un pas sévère. Lorsqu'il arrive à ta hauteur, tu peux voir ses yeux durs te toiser d'un air de dégoût, tandis que tu reposes à ses pieds, défiguré. Sèchement, il t'ordonne de te relever. Il commande et tu obéis. Ce sont là les codes du soldat. En dépit de la nausée qui te gagne, tu te soumets au plus vite. Car la douleur qui t'assaille n'est rien en comparaison de celle qui attend ceux qui se rebellent, à l'armée.

Poussé par la peur, tu parviens à te tourner sur le côté et à prendre appui sur les muscles de tes bras pour te lever. Ta vision est floue, encore. Les effets des coups se font sentir. Sous le regard inflexible de l'homme à l'uniforme kaki, tu plies les genoux et entreprends de te redresser sans faillir, comme si ton corps était une entité différente de ton être et qu'il obéissait à ses propres lois.

Le chef du camp, lui, ne bouge pas, mais il montre des signes d'impatience. Le talon de sa botte heurte le sol pour t'inciter à te dépêcher, soulevant la poussière qui vient se coller au sang coagulé sur ton visage. Les particules entrent par tes narines et recouvrent le fond de ta gorge. Tu tousses et avales ta salive pour tenter de te défaire du goût qu'elles laissent dans ta bouche. Dans un dernier effort, tu pousses sur tes jambes pour te mettre debout.

Tu évites de dévisager ton supérieur lorsque tu te retrouves en face de lui. Tu te forces à ne pas sourire quand tu le vois lever le nez pour pouvoir te fixer dans les yeux. Il te hait, sans doute plus que les appelés. Tu peux le deviner à sa façon de te jauger d'un air sombre, comme si tu étais celui qui avait porté les coups et semé le chaos, dans ce camp dont il a la responsabilité.

Au bout d'un moment, lassé du face-à-face, il te somme d'aller te nettoyer et de rejoindre ton régiment. Il te tourne le dos et te plante là, comme si tu ne méritais pas qu'il passât une minute de plus en ta compagnie. Soulagé de le voir s'éloigner, tu le regardes disparaître sous une tente, à quelques mètres de là.

Libéré de son joug, tu portes la main à la bouche et vérifies que tes dents sont toujours rattachées à tes mâchoires. La douleur ressurgit tandis que tes doigts frôlent une molaire. La peur, qui s'était emparée de toi sous la menace, l'avait fait taire. Mais elle se ravive maintenant, comme si elle cherchait à te punir d'avoir osé l'oublier. Au loin, tu peux entendre les premiers tirs de fusil. L'entraînement a commencé, et tu as conscience qu'il te faut te dépêcher. Ton absence sera remarquée, oui.

Tu esquisses un pas en direction de l'entrée de la caserne. Soudain, la nausée te gagne. Tes tympans bourdonnent à l'intérieur de ton crâne. L'instant suivant, tu te retrouves à nouveau par terre, à quatre pattes, à cracher le sang mêlé à la bile qui te monte à la gorge. Heureusement, excepté quelques rares appelés qui ne font que passer sans accorder aucune attention à ta détresse, le camp est désert. Tu as le temps de tout nettoyer avant que les premiers soldats apparaissent et soient témoins de cette scène.

Devant le miroir de fortune suspendu au mur près du point d'eau, tandis qu'à l'aide d'une serviette mouillée, tu t'appliques à décoller les croûtes formées sur ta peau, l'air désemparé, tu ne peux t'empêcher de maudire cet endroit où tu es contraint de demeurer. Tu sais que tu as encore de longs mois à tenir et qu'il t'arrivera de vouloir abandonner plus d'une fois. Mais tu ne céderas pas, non. Tu resteras dans ce camp, parmi ces appelés que tu détestes autant qu'ils te haïssent, et ce, jusqu'à la fin de ton service militaire. C'est le souvenir de ton père, qui a été mis sous terre sous tes yeux, qui t'aidera à maintenir la tête haute tout le temps que durera ton supplice.

Et les jours passent, suivis de semaines et de mois faits d'humiliations et d'avilissement. Tu te gardes de désobéir aux ordres que ceux-là, qui se sont arrogé le droit de t'en donner, multiplient contre toi. Jamais tu ne te sens assujetti au pouvoir qu'ils pensent avoir sur toi. Certes, ils commandent. Tu restes cependant libre, car tu conserves ces souvenirs de la personne que tu as été – et que tu redeviendras lorsque cet épisode de ta vie sera derrière toi.

Lorsqu'ils te libèrent, enfin – et que nul appelé, dans ton régiment, n'est plus tenu d'obéir aux injonctions des soldats –, toi, tu reprends le chemin du village. Tu retournes dans ces montagnes qui t'ont tant manqué, que tu es pourtant décidé à quitter, comme tu l'as promis à ton père ce jour-là, sur la route qui longe les champs de coton et mène à ta maison.

Tu ne resteras pas, non. Le temps est venu de troquer l'uniforme kaki et d'en vêtir un autre, tout aussi avilissant, mais préférable à la perspective de terminer tes jours sur ces terres qui te rappellent un bonheur passé et révolu. Tu partiras pour enfin assumer le rôle qu'il t'a assigné avant de mourir ; avec une sorte de fatalité, tu endosseras la responsabilité qui t'incombe et qu'il t'a léguée.

N'est-ce pas la seule manière de survivre, après tout ? Accepter les déboires de l'existence quand ils vous frappent ; apprécier le bonheur chaque fois qu'il se présente. Et cette leçon de vie, c'est toi qui me l'as apprise. Car nous sommes indéfectiblement liés, toi et moi.

II

1

La sueur dégouline le long de ton dos, trempe le tissu de l'uniforme bleu que tu portes sur ta peau bronzée. Le soleil tape fort sur ton crâne ; ta respiration est saccadée. Les muscles de tes bras sont tendus, tandis qu'à chaque extrémité de tes mains tes doigts encerclent l'anse de deux sacs remplis de ciment. Ils sont lourds à transporter, et tu as du mal à avancer sous la chaleur de ce début d'après-midi.

Une dizaine d'ouvriers, œuvrant à tes côtés, jettent de temps à autre un regard sur toi, car ce n'est pas ton rôle de traîner le matériau sur le site ; ceux qui sont assignés à cette tâche profitent de tes difficultés à t'exprimer dans leur langue pour te pousser à effectuer leur besogne à leur place. Si les murmures des hommes te font prendre conscience de la supercherie, tu as si peur de perdre ton travail que tu préfères fermer les yeux sur l'injustice que tu subis. Tu continues sans rechigner ni t'indigner, car tu sais que c'est l'obéissance qui t'assure le salaire perçu à la fin du mois. C'est également l'attitude que tu as adoptée face à la vie.

Cela fait plusieurs semaines que tu as migré sur ces terres d'Europe. Ton pays te manque. Ici, les gens sont étranges. Ils boivent trop et s'expriment dans une langue inconnue, si vite que tu crains de ne jamais pouvoir la maîtriser. Il te semble que tu n'as plus l'âge de t'adapter. Les habitants de cette région du monde ne peuvent pas comprendre le jeune homme que tu es devenu. C'est à peine si tu parviens à concevoir les mœurs de leur société, qui te paraissent si légères, à toi.

Tandis que tu verses le contenu des sacs aux pieds de tes collègues assignés à en recouvrir les routes, tu t'aperçois que le chef de chantier, posté au centre du site, t'observe en silence. Ses yeux inexpressifs – presque froids – semblent te juger pendant que tu reviens sur tes pas, le rouge aux joues et la gorge serrée. Tu ne pourrais pas tomber plus bas, non. Et tu t'en veux d'adopter une attitude aussi médiocre.

Honteux, tu crispes les mâchoires pour ne pas songer à l'image que tu renvoies autour de toi :

celle d'un homme qui, la tête baissée et les épaules affaissées, accepte les railleries sans s'offusquer. Tu dois redoubler d'efforts pour ne pas éclater en sanglots. Si tu le pouvais, tu te cacherais sous terre pour échapper à la vue de tous et ne plus subir les regards de compassion posés sur toi.

Qu'es-tu venu faire sur ce site de construction ? À quoi cela sert-il que tu te tues à la tâche, sur ces terres qui ne sont pas les tiennes ? Pourquoi t'entêter à rester dans un pays qui semble te rejeter, en dépit de tes efforts pour t'intégrer ? Ne peux-tu retourner dans ces montagnes où tu es né et où tu as abandonné ta famille sur la simple promesse de revenir quand tu auras amassé l'argent espéré ?

Quelques heures plus tard, alors que la journée touche à sa fin et que tu t'apprêtes à monter dans le bus qui, chaque soir, te dépose chez toi, tu remarques que le chef de chantier est en discussion avec les hommes qui ont profité de toi. À l'idée d'avoir à te confronter à eux, tu te hâtes de rassembler tes affaires pour quitter les lieux au plus vite. Avant que tu aies eu le temps de rejoindre le groupe d'ouvriers qui se traînent vers l'arrêt, ils viennent te trouver et balbutient quelques mots d'excuse dans cette langue que tu découvres. Ils paraissent gênés : leur regard fuit le tien et leur main passe sur leur nuque moite.

Tu n'as jamais su ce que le chef leur a dit ce jour-là, mais tu as compris qu'il avait défendu celui qui n'était pas armé pour se défendre lui-même. Et tu l'as respecté pour cela. Jamais plus tu n'as eu à porter les sacs de ciment des autres.

Ce soir-là, au cours du repas, tu racontes tes déboires à ton oncle qui t'héberge. Il est plus âgé que toi ; plus sage, aussi. Il fait partie de la génération de migrants partis rejoindre l'Europe une décennie avant toi pour travailler à la mine.

Son regard se rembrunit tandis qu'il t'écoute parler, et tu t'en veux de te plaindre. Lui, il revient chaque soir exténué et humilié, la figure sale et les poumons pleins de cette crasse que l'on récolte dans les profondeurs des charbonnages – et qui finira par le tuer. Alors tu serres les mâchoires. Et ton oncle lève sur toi ses yeux foncés, qui reflètent la tristesse qui l'habite. Il se force à sourire, et tu n'as plus à cœur de te lamenter sur ton sort.

Tu portes à tes lèvres une cuillerée de soupe aux lentilles et plonges dans le silence. Pendant que tu savoures, tu songes à ta famille, restée au pays : ton frère, qui te manque et pour lequel tu te fais du souci. Et tes sœurs, mariées si jeunes à des hommes que tu connais à peine. Elles sont si délicates ! Sont-elles bien traitées, au moins ?

Le cœur lourd, tu refuses d'imaginer la situation de ta mère, que tu as laissée là-bas, au village. Elle t'a chéri, depuis le jour où tu es né. Elle continue de le faire, bien que tu l'aies quittée, comme si tu avais cherché à la punir, elle, pour la mort de celui que tu as tant aimé. Comment pourrais-tu te pardonner d'avoir causé son malheur, à elle aussi ?

À tes côtés, ton oncle trempe un morceau de pain dans son bol de soupe. Il le porte à ses lèvres et mâche, avant de t'apprendre qu'une nouvelle vague de travailleurs vient de débarquer à la mine. Le charbon doit y être extrait au plus vite. L'entrepreneur, propriétaire du secteur, en a déjà vendu de grosses quantités, et il doit à présent honorer ses promesses dans les plus brefs délais. Les arrivants ont ravi ton oncle, qui a sympathisé avec l'un d'entre eux, originaire du même pays que lui. Il travaille en Europe depuis plusieurs années et a fait venir sa famille auprès de lui.

Tout en terminant ton dîner, tu imagines les deux hommes avec leurs faces noires recouvertes de poussière, qui fraternisent, crachent et suent, à quelques dizaines de mètres en dessous de la surface du sol, dans la chaleur et l'obscurité. Un frisson te parcourt l'échine tandis que tu te demandes ce que l'on doit ressentir à l'intérieur d'une telle fournaise. De la résignation, sans doute… Et de la nostalgie, aussi, chaque fois que les portes de l'ascenseur se referment et que la descente de la cage propulse les mineurs vers les bas-fonds. Un mal du pays, propre à ceux qui sont contraints de quitter leur terre, doit les ronger, alors qu'ils sont plongés dans les ténèbres de la mine, avec pour seul réconfort leur voix qui peine à leur confirmer qu'ils ne sont pas morts.

Pas encore.

Tu le sais, car toi aussi, il t'arrive de ressentir cette même mélancolie, quand tes pensées se perdent et que les images du village te reviennent. La douleur qu'elles engendrent déchire ton cœur et t'inflige une souffrance indescriptible, alors…

Ce que tu ignores, en revanche, c'est que l'homme que ton oncle vient de rencontrer est le père de celle que tu épouseras, quelques mois plus tard, et entre les mains de laquelle tu placeras ta vie. Quelle histoire, n'est-ce pas ?

Tu sais, certains pensent que Dieu ne joue pas aux dés. Et toi, à peu de chose près, tu serais d'accord.

Pour moi, c'est l'évidence même.

2

Les épaules calées contre le dossier de ta chaise, les doigts entremêlés posés sur les genoux, tu observes, du coin de l'œil, la jeune fille svelte installée à tes côtés. Vêtue d'un chemisier blanc et d'un pantalon violet, elle a le regard figé devant elle, comme si elle cherchait à éviter de croiser le tien. L'air détaché, elle demeure silencieuse, perdue dans ses pensées ; et tu donnerais cher pour les percer. Son visage est à la fois sérieux et enjoué ; son teint est pâle. Elle ne cesse de tortiller autour de ses doigts fins quelques mèches de sa chevelure – châtain clair, lisse et soyeuse – qu'elle a épinglées à l'aide d'une barrette. La masse imposante, qui descend en cascade dans son dos, la fait paraître plus petite qu'elle ne l'est. Il faut dire que, lorsque vous vous êtes salués quelques minutes auparavant, tu as été contraint de baisser la tête pour lui faire face.

À présent, tu détailles ses traits, délicats et charmants. Les battements de ton cœur s'accélèrent : les quelques centimètres de distance qui vous séparent font naître en toi des sentiments étranges. C'est votre première rencontre. Sous le regard favorable de ceux qui vous entourent – les yeux larmoyants des femmes et la fierté dissimulée des hommes –, vous osez à peine vous adresser la parole. Tu as conscience que d'ici quelques semaines elle sera ton épouse et saura tout de toi. Ton histoire se confondra avec la sienne. Et si – à cet instant – tu la connais mal, tu comprends que c'est elle qui se tiendra auprès de toi lorsque, affaibli par le poids des années, tu rendras ton dernier souffle.

Cette pensée te met mal à l'aise. Pourtant tu ne cesses de sourire aux visages réjouis qui t'observent. Tu as conscience de ne pas pouvoir partager les doutes qui t'assaillent et s'amusent à raviver tes démons. Tu continues de présenter la facette de toi à laquelle tous sont habitués.

À tes côtés, la jeune fille se redresse soudain. Avec la docilité qui la caractérise, elle remplit ton verre de thé, et tu t'empresses de le porter à tes lèvres, le rouge aux joues. Tu comprends que, par ce simple geste, elle vient de sceller votre destinée. Tu sens ton visage s'empourprer davantage, tandis que tu aspires le liquide chaud qui te brûle la langue.

Elle fera partie de ta vie, oui. Elle connaîtra tes moindres défauts ; tes folies n'auront plus de secrets pour elle. Face au poids de son jugement, tu seras mis à nu. L'idée te fait prendre conscience de ces nouvelles responsabilités qui t'incombent, à présent que tu mesures le rôle que tu vas être amené à jouer.

D'une voix posée, elle demande si tu désires goûter aux pâtisseries qu'elle a aidé à préparer. Tu jettes un œil sur la dizaine de petits gâteaux plantés au centre de la table et qu'elle t'indique d'un index timide. Bien sûr, tu es trop anxieux pour avaler quoi que ce soit, mais tu ne peux rejeter les efforts qu'elle fait pour se rapprocher de toi. Et tu acquiesces.

La pâte feuilletée est un peu sèche à ton goût, et la farce trop sucrée. Tu souris pour ne pas la froisser. Son visage s'illumine, et le tien trahit ta gêne d'avoir travesti la vérité. Elle ne paraît pas s'en offenser. C'est à peine si elle devine le mensonge qui se cache sous tes traits bienveillants. Ou bien fait-elle semblant de l'ignorer ?

En dépit des regards curieux posés sur vous, tu décides de surmonter ton trouble pour lui narrer quelques-unes de tes histoires du temps passé au pays. Elle écoute sagement, sans jamais t'interrompre, les doigts agrippés autour de son verre à thé. Elle ne cesse de sourire, dévoilant ses dents blanches. Et tu continues à raconter ces exploits qui paraissent l'enchanter, dans le brouhaha des conversations que les autres créent pour ne pas vous embarrasser.

Ce soir-là, tu quittes le domicile des parents de ta promise, conscient qu'on vient à nouveau de décider pour toi de ton avenir. Couché sur le matelas posé au milieu du salon, dans la maison de ton oncle qui, sur le chemin du retour, s'est montré enthousiaste à l'idée de tes noces futures, tu ignores encore si tes pas te mènent vers le meilleur ou vers le pire.

Tu te tournes sur le côté et glisses un bras sous l'oreiller, le regard plongé par-delà la fenêtre qui donne sur la rue. Le clair de lune, que tu peux apercevoir à travers les rideaux de dentelle, te rend nostalgique. Le souvenir du village te revient à l'esprit. Tu te rappelles les nuits passées sur le toit, ainsi que le sentiment de bien-être qui s'emparait de toi chaque fois que tu entendais résonner la voix de ton père dans l'obscurité. Une voix douce, que l'émotion faisait trembler, par moments…

Quelques gouttes de pluie parsèment la vitre, suscitant une ambiance mélancolique qui sied à l'instant. En soupirant, tu fermes les yeux et revis la soirée qui vient de se dérouler. Tu revois la chevelure de celle qui, bientôt, deviendra ton épouse.

Tu imagines ce que sera la vie à ses côtés, et les interrogations se pressent dans ta tête, prennent ton esprit d'assaut : es-tu prêt à consacrer ton existence à bâtir son bonheur ? Parviendras-tu à la protéger, elle, ainsi que sa progéniture, comme il sera attendu de toi ? Seras-tu aimé en retour, de la manière dont l'était l'homme enseveli et abandonné sous cet amas de terre, dans ce village où tu n'as plus remis les pieds depuis ton départ ?

Cette dernière question te taraude.

Ce serait l'échec de ta vie que de ne pas être à la hauteur de ce qu'a été ton père. D'ailleurs, cette perspective t'inquiète. Car la comparaison est inévitable. Que dira-t-on si tu faillis aux attentes qui pèsent sur toi ? Que pensera ta mère, si tu échoues à être le modèle qu'il a été pour tous ceux qui l'ont connu ?

Tu te redresses sur les coudes. Tu voudrais te lever, sortir de la maison pour te dégourdir les jambes et te calmer. Mais tu risquerais de réveiller ceux qui, ignorant les tourments qui t'assaillent, sont parvenus à s'endormir. Alors tu te forces à te recoucher en prenant une profonde inspiration, tandis que tes yeux se perdent à nouveau dans l'obscurité de la pièce.

L'angoisse est présente. Elle accapare ton esprit et le broie. Tu n'as aucune raison de t'inquiéter, toutefois. Laisse-moi te l'apprendre :

tu seras adoré, placé au centre de notre attention. Toutes, nous graviterons, émerveillées, autour de ta personne, semblables à des satellites qui ne peuvent se rassasier de ta beauté.

Tu seras notre soleil : l'astre qui ne cesse de briller et de réverbérer son éclat sur les autres ! Tu éblouiras notre quotidien, presque malgré toi. Alors, rassure-toi et ferme les yeux. Laisse-toi happer par le sommeil. Sois tranquille ! Le clair de lune, dont la lueur continue à te parvenir à travers la fenêtre, veille sur toi.

Tu ne failliras pas, non. Et je ne dis pas ça pour te leurrer.

C'est simplement la vérité.

3

J'ouvre les yeux.

La lumière du soleil s'infiltre dans la chambre à coucher, perçant et traversant l'épaisseur des tentures tirées. Tandis que la chaleur inonde mon visage, l'envie de plonger à nouveau dans le sommeil me gagne. Les lits défaits et vides de mes sœurs, autour de moi, ainsi que leurs voix enjouées qui me parviennent d'en bas, me poussent cependant à me lever.

Je me dresse sur les coudes. Le regard fatigué, la gorge sèche, je tourne la tête en direction d'un objet de couleur marron posé à mes côtés : c'est un ours en peluche. Sur sa face, deux billes noires luisent et me fixent d'un air inexpressif. Sa langue, rouge et rêche, est tirée, comme si l'ours se moquait de moi. Je souris. Je devine que c'est toi qui l'as mis contre mon oreiller pendant mon sommeil, et je tends la main pour le saisir.

Ce n'est pas la première fois que je reçois ces marques d'affection. Les quelques animaux, de tailles et de couleurs variables, qui traînent, pêle-mêle, dans un coin de la chambre, l'attestent. Tous sont la preuve que tu penses à moi, ces soirs où tu sors.

Savoir que tu penses à moi suffit à me rendre heureuse, tu vois.

J'inspecte la pièce et je ne peux m'empêcher de sentir une pointe de jalousie lorsque je note d'autres peluches en forme d'éléphant et de panda jonchant les lits autour de moi. L'ours, que je continue à triturer entre mes doigts, ne me paraît plus aussi extraordinaire. J'hésite à l'abandonner sur un coin du matelas, afin que tu saisisses l'ampleur de ma déception. Je crains cependant de te faire de la peine en agissant de la sorte, alors je m'extirpe des draps, ton présent dans la main.

Je prends soin d'exagérer la lourdeur de mes pas, tandis que je descends les marches, afin de partager mon humeur avec toi. Je te retrouve dans la cuisine, où résonnent les éclats de rire et les réjouissances de mes aînées. Assis à la table, le nez plongé sur la une du journal du matin, tes doigts sont enroulés autour d'une tasse de thé.

Dans la pièce, c'est l'effervescence : la famille prend le petit déjeuner en plaisantant et m'accueille par des esclaffements amusés. Il faut dire que ma mine renfrognée prête à sourire. Pourtant, les railleries de mes sœurs glissent sur moi, car dès mon arrivée c'est vers moi que ta tête s'est tournée. Et cela me suffit.

Ton visage irradie.

J'avance, la peluche toujours pendue au bout de mes doigts. Lorsque je parviens à ta hauteur, je tends les bras. Sans un mot, tu me soulèves pour me faire asseoir sur ta cuisse. Tu déposes un baiser mouillé sur ma joue, et comme toujours, ta barbe me chatouille. Je dois réprimer le rire qui me prend afin de te faire part de mon mécontentement.

En fait, je me retiens de te sauter au cou.

Très digne, je demande si un cadeau perd de sa valeur sous prétexte qu'il n'est pas unique. Je pèse mes mots, bien sûr : j'ai travaillé et répété mes propos.

Contre toute attente, tu réfléchis sérieusement à la question. Tu fronces les sourcils. Tu adoptes un air pensif que je n'attendais pas. Puis, au bout de quelques secondes, tu approches les lèvres de mon oreille.

– Je m'arrange toujours pour te garder le plus beau.

Ta réponse m'a prise au dépourvu : j'en ai le souffle coupé. La magie de ton mensonge éveille des sentiments nouveaux, jamais ressentis auparavant. Et je choisis, en toute connaissance de cause, de croire ce que tu dis. Je considère que la plénitude que tes paroles m'octroient en vaut la peine.

Le bonheur est indescriptible quand il est authentique.

Les sens en ébullition, le visage levé vers toi, je contemple la lueur qui brille dans les reflets verts de tes yeux. Je ne trouve pas les mots justes pour rompre le sort que tu viens de me jeter. C'est inutile, le charme a opéré.

Que sont devenues ces peluches que tu m'offrais consciencieusement dans le seul but de contribuer à mon bonheur ? Elles m'enthousiasmaient chaque fois davantage… Aujourd'hui, je sais que je n'aurais jamais dû les abandonner ! Elles témoignaient de ton admiration à mon égard et me permettaient de me sentir proche de toi quand tu n'étais pas à mes côtés. Le souvenir des quelques jouets empilés dans un coin de la chambre est là pour me le rappeler. Toi, tu savais que je finirais par m'en débarrasser. Pourtant, tu continuais à déposer ces marques de ton affection contre mon visage assoupi – enfin apaisé – chaque fois que tu le pouvais.

La voilà, la force de ton amour ! Et c'est comme cela et pour cela que j'ai appris à t'idolâtrer.

Inconditionnellement.

L'image de cet ours en peluche que tu m'as offert, ce matin-là, tu sais, dans mon cœur, je ne l'ai jamais laissée s'effacer.

Elle représente mon premier souvenir de toi.

4

Les éclairs déchirent le ciel ; le tonnerre retentit. L'averse, qui accompagne l'orage, tombe dru. Elle s'abat sur le coron, crépite sur les toits des maisons ; elle se verse, comme si elle prévoyait de ne jamais cesser. Le bruit en est assourdissant. Plantée devant la fenêtre, à l'abri dans le salon, j'observe la scène avec fascination. La pluie frappe contre la vitre ; elle tambourine et cogne au carreau, comme si elle voulait passer à travers.

Un bruit furtif sur la gauche attire soudain mon attention. Je tourne la tête. Tu as ouvert la porte qui donne sur la cour, à l'arrière de la maison. Sous ton bras, tu as calé une chaise que tu poses dans l'entrée. Les pieds grincent sur le parquet, tandis que tu prends le temps de la réajuster pour lui trouver sa bonne place. Puis, avec la méticulosité qui te caractérise, tu t'y installes pour enfin apprécier le déluge qui se déchaîne au-dehors. Les muscles de ta nuque sont détendus et tes jambes croisées.

L'image est nette dans ma mémoire.

De tes yeux marron aux reflets verts, tu scrutes la pluie. Ton regard erre sur les trottoirs, devant toi. Au loin, les grondements du tonnerre se rapprochent sans parvenir à troubler l'expression de ton visage serein.

Je quitte mon poste d'observation près de la fenêtre pour te rejoindre. Je m'empare d'une chaise, que je laisse traîner sur le sol sans me soucier du vacarme, et je viens m'asseoir à tes côtés. Je me niche là, à quelques centimètres de ton corps, en t'examinant à la dérobée. Je me garde de briser le silence que tu as instauré. Je tente de saisir l'objet de ton émoi. Je voudrais comprendre ta fascination pour la pluie ; j'aimerais ressentir ta sérénité et l'accaparer.

J'aspire à être toi.

Je te trouve beau. Tandis que la mélancolie se peint dans ton regard, une émotion nouvelle, sur laquelle mon jeune âge empêche de placer des mots, m'envahit. Je pourrais me battre pour arracher ton esprit aux égarements qui semblent avoir raison de toi. Je devine que ce serait en pure perte : la défaite me narguerait à l'issue du combat. Et je me retiens de mettre un terme à la magie qui opère entre nous.

Quand vient l'heure du repas, je choisis de t'imiter. Je mange assise sur ma chaise, l'assiette posée sur une main et la fourchette dans l'autre. Pour la première fois, je saisis que les uniques protagonistes de l'histoire de ma vie, c'est nous ! Dans l'univers que je me suis forgé et dans lequel j'aime me réfugier, les autres sont secondaires et ne m'intéressent pas ; ils ne comptent pas.

Le comprends-tu ?

La seule chose qui revêt de l'importance, c'est le partage d'un moment à deux ! Te savoir à moi, un instant de ton existence, me suffit.

Quand j'y resonge… Je me demande à quoi tu réfléchissais, alors. À quoi dédiais-tu tes pensées ? Avais-tu conscience de l'effet que tu suscitais dans mon être, tandis que je te voyais, assis là, à mille lieues de moi, porter à tes lèvres chaque bouchée de pâtes que tu prenais soin d'enrouler autour de ta fourchette ? Et ton regard perdu dans cette partie méconnue de ta vie à laquelle je n'accéderais jamais…

Souvent, je me remémore cet après-midi d'été depuis lequel je n'ai pas savouré de spaghettis nappés de leur sauce sans me rappeler cet instant. Est-ce que tu comprends pourquoi, à la moindre occasion, c'est ce mets-là que je choisis ? Il représente mon initiation au bonheur ! Et je pourrais me retrouver avec ce seul souvenir pour me tenir compagnie que j'en serais heureuse.

Il me ramène à la liberté absolue, oui : l'unique plénitude. Je me l'octroie chaque fois que les forces me manquent !

Si tu savais la puissance qui me gagne quand j'y songe !

5

La main blottie au creux de la tienne, les doigts glacés profitant de la chaleur de ta paume, je scrute, émerveillée, la foule frénétique qui s'est rassemblée en ce jour de marché. Autour de moi, les individus s'activent et se saluent. Certaines femmes portent le voile, très bas sur le front ; d'autres, les cheveux permanentés, ont des boucles tape-à-l'œil accrochées aux oreilles, de toutes les formes et de toutes les couleurs. Et leurs hommes, au bout de leurs bras raides, tiennent des sacs de provisions remplis de fruits et de légumes. Ils tirent parti de l'agitation générale pour jeter à la sauvette un regard sur les boîtiers des cassettes audio, dans les stands de musique. Les enfants, eux, essaient d'attraper quelques douceurs, à droite, à gauche, sitôt qu'ils parviennent à se soustraire à la vigilance de leur mère.

Mon attention s'accroche sur toi dès lors que tu lâches ma main. Je tourne la tête pour t'observer tandis que tu examines chacun des fruits que tu sélectionnes avec soin. Ton souffle chaud se dégage de tes lèvres entrouvertes quand tu émets des commentaires. J'acquiesce à chacun de tes mots, bien que les paroles glissent sur moi.

Tu tends enfin un billet au marchand, les sacs remplis de fruits et de légumes pendus au bout de ton bras. Pendant qu'il te rend la monnaie, tu remontes la fermeture éclair de ton manteau jusqu'au cou. La météo est capricieuse, ce matin ; le vent transperce chacune des couches de laine que je porte sur le dos, et je frissonne malgré moi. Tu me demandes aussitôt si j'ai froid. Je hoche la tête, sans vraiment réfléchir à la question. Avant que je puisse revenir sur ma réponse, tu m'agrippes par le poignet pour m'entraîner vers le chemin de terre où tu as garé l'auto – d'un vieux gris métallisé et écaillé – qui est la tienne depuis tant d'années.

Tandis que nous rejoignons le véhicule au trot, je t'entends renifler à côté de moi. Inquiète, je lève les yeux alors que tu remontes l'écharpe sur ton nez. Nous arrivons à la voiture, tremblants de froid, et j'attends que tu fasses tourner la clé dans la serrure pour m'engouffrer à l'intérieur. Je me délecte de la chaleur qui nous envahit aussitôt que le moteur tourne. Ton corps pivote alors que tu déposes les sacs de provisions sur la banquette arrière. Assise sur le siège avant, je profite de ton geste pour détailler ton profil à la barbe soigneusement taillée. J'admire ton nez, long et droit, et tes sourcils broussailleux, aussi épais que tes cheveux de cette même couleur noir de jais. Tu finis par remarquer mon regard insistant et tu me dévisages à ton tour, tes yeux dans mes yeux.

– Est-ce que tu veux un soda ? murmures-tu.

Je fais oui de la tête, tout en défaisant l'écharpe de laine que tu as pris soin de nouer autour de mon cou, ce matin. Tu souris en caressant ma crinière frisée. Puis tu portes la main à la poignée.

– Verrouille les portières de l'intérieur.

J'obéis, tout en fixant ta longue silhouette partie à nouveau se fondre dans la masse. La foule se presse ; le chaos a tôt fait de t'engloutir sans pitié. Très vite, je te perds de vue.

Pour tuer le temps, j'attrape le roman de William Golding, posé sur le tableau de bord devant moi. Je l'ouvre là où le marque-page est placé et je tente de me plonger dans l'histoire. Elle peine à me captiver. Mes pensées sont ailleurs ; avec toi, quelque part dans la mêlée. Dépitée, je referme le livre dans un claquement sec. Le moteur de la voiture continue à tourner. Le bruit qu'il fait ronronne à mes oreilles, tandis que je promène mon regard au-dehors. Le froid, imperturbable, frappe à l'extérieur. Le vent souffle plus fort et s'abat sur les gens qui vaquent à leurs occupations, sans se rendre compte qu'un regard, le mien, évalue leur comportement.

Je me dis, au fond, que tout ce monde, dans lequel tu te noies, ne te mérite pas. Il ne te comprend pas, non – il n'est pas moi. Et je m'inquiète pour toi. Je crains que tu ne tombes malade, comme la fois où tu es resté alité à la maison. Ton corps affaibli, enveloppé dans une couverture, couché jour et nuit sur le canapé du salon, m'a terrifiée comme rarement je l'ai été…

Je n'aime pas être le témoin de ta vulnérabilité.

Des gouttes de pluie crépitent un moment sur les vitres, puis leur bruit cesse. Je penche la tête pour mieux observer les nuages qui s'accumulent et se meuvent, portés par le vent. Soulagée, je me dis que le ciel doit lui aussi attendre ton retour pour nous tomber sur la tête. Je baisse le nez. À l'instant où mes yeux t'aperçoivent, toi, ils se figent et se fixent sur ta silhouette pour ne plus la lâcher. Mon regard scrute tes traits, impatient de te retrouver. Je sens la joie me gagner, tandis que tu fends la foule en contresens pour me revenir.

Tu avances d'un pas vif. Entre tes doigts, tu tiens une canette de soda, ainsi qu'une paille rouge pourpre – ma couleur préférée. Tes yeux sont rivés sur la voiture depuis laquelle je t'épie. Je suis consciente que c'est moi qu'ils cherchent. D'ailleurs, un sourire apparaît sur tes lèvres sitôt que tu as repéré mon visage de première de la classe à travers les vitres remontées.

Tu te glisses à mes côtés dans la voiture et tu poses la canette de soda contre le système de ventilation qui émet son souffle chaud à nos pieds. Tu me fais promettre de ne la boire qu'une fois qu'elle sera tiède, et je jure, comme si le serment était de la plus haute importance et pouvait avoir un impact déterminant sur nos vies. Tu souris à nouveau, amusé par la manière que j'ai de prendre les choses avec autant de sérieux. Puis tu lèves les yeux au ciel.

– Il va repleuvoir, on dirait.

J'acquiesce : les nuages, rassemblés au-dessus de nos têtes, semblent attendre un dernier signal avant de tomber. Tu poses la main sur le levier de vitesses, prêt à enclencher la première. Les gouttes crépitent sur le toit de la voiture. Au bout de quelques secondes, elles se font plus insistantes.

Ton regard se rembrunit, et je ne peux m'empêcher de le remarquer.

– On l'a échappé belle !

J'acquiesce. Pourtant, j'ai conscience que de nous deux, c'est toi qui as manqué d'être trempé par l'averse. Moi, tu avais pris soin de me mettre à l'abri, sitôt que tu avais anticipé le déferlement…

La voiture démarre, s'engage sur le chemin qui mène à la maison. À mes pieds, la canette de soda continue de tiédir contre le système de ventilation. Je pourrais me baisser pour la saisir et l'ouvrir. Mais je n'ose pas ; pas après que tu m'as demandé d'attendre avant de la boire.

La pluie tombe pour de bon et tambourine contre le capot de la voiture avec une force prodigieuse. Je l'écoute nous faire part de sa colère, tandis qu'elle nous assaille de toutes parts. Tout en triturant la paille de couleur rouge pourpre que tu as réclamée pour moi, je pose la tête contre la vitre. Les paysages familiers défilent sous mes yeux ; à mesure que nous approchons de notre destination, la route se vide de ses automobiles, comme si nous arrivions dans une zone inhabitée.

Mon silence t'intrigue sans doute, car tu jettes sur moi un regard curieux.

– Ne t'inquiète pas, lâches-tu, conciliant. L'averse ne durera pas.

Je te souris afin que tu ne te tracasses pas pour moi. En fait, la pluie est le cadet de mes soucis. Avec toi, tout me va.

Je tourne la tête pour te répondre, et l'image que tu me renvoies me laisse coite. Tes traits sont magnifiés par un rayon de soleil qui perce la grisaille. La caresse de cette lumière sublime les gouttes d'eau qui dégringolent le long de la vitre, derrière toi. Il me semble que jamais je ne pourrai me lasser de te contempler, tandis que tu regardes la route.

– Le beau temps finit toujours par revenir, dis-tu.

Les mots qui sortent de ta bouche sonnent telle une promesse sacrée ; nulle âme en ce monde ne parviendrait à les profaner. Tes paroles ont le don de m'apaiser chaque fois que l'univers, tout autour, me met à l'épreuve. Lorsque tu es à mes côtés, le monde lui-même peine à m'effrayer.

C'est là l'influence que tu as sur moi – aujourd'hui encore.

6

La clarté du jour se reflète sur la crinière châtain clair de ma mère. La mine sérieuse, celle-ci transvase le thé qu'elle vient de préparer dans une bouteille isotherme vert foncé. La fumée qui s'en dégage la force à plisser les yeux. Je me plais à l'observer, tandis qu'elle visse le capuchon d'un geste du poignet. Le poste de radio branché, près du comptoir de la cuisine, diffuse une chanson populaire qu'elle fredonne tout en plantant un couteau à pain dans une miche pour en couper deux tartines épaisses. Elle s'applique à les beurrer, avant d'attraper quelques tranches de fromage qu'elle place au-dessus des rondelles de tomates.

– Est-ce que tu es prête ?

Assise sur une chaise, les coudes appuyés sur la table, j'acquiesce, tandis qu'elle emballe le sandwich dans de l'aluminium et le dépose au fond d'un sac à dos noir et usé. Mes yeux fouillent sa longue chevelure qu'une pince dorée, en forme de ruban, fixe sur le sommet de son crâne. Des mèches s'en échappent, lui donnant un air dissipé qui ne sied pas à sa personnalité.

– Il faut y aller, me presse-t-elle, en ajoutant une pomme rouge, qu'elle a pris soin d'envelopper dans un mouchoir en tissu, ainsi que la bouteille, qui rejoint le tout à l'intérieur du sac. Mets tes chaussures…

J'obéis pendant qu'elle éteint le poste de radio et glisse les bretelles rembourrées sur ses épaules. Je tends la main pour saisir le livre de Louis Pergaud qui traîne à mes côtés et, souliers aux pieds, je sors de la pièce pour m'enfoncer dans le corridor de l'entrée. Je franchis le seuil de la porte, heureuse de sentir enfin le vent contre ma peau. Son souffle éparpille ma chevelure frisée autour de mon visage. Telle une méduse des temps modernes, je m'en délecte, fermant les yeux afin de profiter de la sensation que cela me procure. La nouvelle saison approche à grands pas, et je me régale de la fraîcheur qui l'accompagne. Il me tarde de voir tomber les feuilles des arbres ! Je veux pouvoir les ramasser et les faire virevolter au-dessus de ma tête. C'est un jeu qui m'a toujours amusée.

La conductrice, qui doit nous déposer au chantier, est de bonne humeur ce matin derrière son volant. C'est une amie proche de la famille. Elle aussi vient du pays. À plusieurs occasions, elle s'est montrée prévenante avec moi. Elle m'a offert des friandises et a gagné ma sympathie. Elle se retourne pour me pincer la joue, tandis que je m'installe sur la banquette arrière. Je me retiens de sourire quand je note qu'une partie de son rouge à lèvres déborde sur ses incisives.

Ma mère prend place à ses côtés, sur le siège passager, et les deux femmes discutent tout au long du trajet qui mène au site. Les yeux rivés sur la route, elles causent et se confient l'une à l'autre. Elles se lamentent sur le coût de la vie, regrettent les difficultés qui mettent en péril le bien-être des familles, se plaignent des mauvaises gens et craignent pour l'avenir de leurs enfants. Elles déplorent les pannes de courant, de plus en plus fréquentes, qui touchent le quartier. Ce matin, l'alarme du radioréveil n'a pas sonné, et tu as dû partir sans avoir le temps d'emporter ton déjeuner. Or – elles en sont toutes deux conscientes, oui –, rien ne peut justifier le retard au chantier. D'ailleurs, au coin de la rue, le bus t'attendait…

– Au moins, il est arrivé à l'heure.

– Dieu merci ! lâche ma mère dans un soupir.

Elles continuent à bavarder de tout et de rien. Lassée, je détourne les yeux pour les porter par-delà la vitre. Mon esprit se perd : il va te retrouver, quelque part là-bas, sur les sites de construction où tu passes tes journées. Pendant que la voiture réduit l'écart qui nous sépare l'un de l'autre – et du monde qui, jusqu'ici, n'appartenait qu'à toi –, je m'interroge : à quoi réfléchis-tu, quand tu te trouves sur les chantiers ? T'arrive-t-il de te demander si ton sacrifice en vaut la peine ? Te dis-tu que tu aurais mérité de mener une vie moins éreintante que celle qui est la tienne, aujourd'hui ?

Est-ce que tu songes à moi ?

Au bout d'une dizaine de minutes, je suis sortie de mes pensées par un coup de volant qui fait dévier l'auto sur la droite. Mon cœur palpite fort. Je pivote et colle le nez à la fenêtre, les doigts agrippés à son rebord, pour observer le chemin de terre que nous empruntons tandis que nous quittons la route principale. Le ciel s'est assombri. À présent, il est couvert de nuages d'une couleur grise, pour la plupart. Je me mets à prier pour qu'il ne pleuve pas. Tu serais contraint de travailler sous l'averse, et je n'aime pas ça.

Dans la voiture, le silence reprend ses droits. Alors que nous nous engageons sur une aire de construction, les paysages verts cèdent la place à un environnement hostile, vide de sens. Tout est désert et poussière, par ici. Le monde paraît terne et triste. Je me dis que tu dois trouver matière à t'épanouir dans ces lieux austères, toi.

Le véhicule s'immobilise en face d'un groupe d'hommes vêtus de leur uniforme bleu de chauffe. Pris de court par notre arrivée, ils cessent un moment de taper le sol pour nous contempler. Indifférente, je m'extrais de l'auto, le livre calé sous le bras. Ma mère, elle, prend la peine de remercier la conductrice – qui présente toujours des traces de rouge sur les dents de devant quand elle sourit.

Déjà mes yeux balaient les environs. Je le sais et je le sens : tu te trouves sur ce site. L'idée réveille en moi une allégresse nouvelle, qui me donne l'envie insensée de courir parmi ces visages sombres pour te retrouver. Ma mère met un frein à mon sursaut de folie. Elle arrive auprès de moi, me prend par la main et part à ta recherche en toute discrétion. Je perds toute once de rébellion ; je me soumets à son autorité et me laisse guider.

Côte à côte, le nez rivé au sol, nous plongeons au cœur du chantier. À chacune de mes enjambées, mes souliers s'enfoncent un peu plus dans la terre molle. Je redouble d'efforts pour suivre la cadence qui m'est imposée.

Des travailleurs – comme surgis de nulle part – nous dépassent soudain en accélérant l'allure. Poussant devant eux une brouette chargée d'un matériau grisâtre, ils se retournent et jettent sur nous des coups d'œil curieux avant de poursuivre leur chemin. Surprise, ma mère cesse d'avancer. Le rouge aux joues, elle me contraint à faire de même et pose sur moi un regard ennuyé. Elle paraît hésiter. Enfin, elle m'ordonne de rester où je suis. Le cœur lourd, je suis obligée de la laisser continuer sans moi.

Elle progresse avec prudence, le sac noir et usé renfermant ton déjeuner rebondissant sur son dos à chacun de ses mouvements. Elle me fait songer à un éclaireur sur un champ de bataille parti pour étudier le terrain et qui consent à être sacrifié pour la cause. Ses cheveux se balancent de droite à gauche au rythme de sa course. Ses épaules se sont crispées, et je peux ressentir sa tension tandis qu'elle chemine en direction d'un groupe d'ouvriers occupés à retourner la terre dans un coin du chantier.

Je m'attarde sur ces derniers ; je pose les yeux sur chacun d'eux afin de mieux les examiner. C'est alors que je comprends que tu es l'un de ces hommes. C'est bien toi, oui ! Tu as relevé la tête, ta main entourant le manche d'un outil de travail ; tu mets l'autre en visière sur ton front pour dévisager la créature qui fait irruption dans ton monde. Tu te tiens droit, l'air impassible. Je prends conscience de la dignité qui est la tienne en toutes circonstances. Un sentiment de fierté me gagne à l'idée que tu sois à moi ! Au milieu de ce site de construction, où ils sont nombreux à avoir revêtu le même uniforme que toi, tu es au centre de mon attention.

Je ne vois que toi !

Tu t'empresses de rejoindre ta femme, qui n'est plus qu'à quelques pas de toi. Déjà, elle ôte le sac de son dos et le porte devant elle. Depuis mon poste d'observation, à quelques mètres de là, je contemple vos deux silhouettes qui se font face et s'examinent comme si elles se découvraient pour la première fois. Vous échangez quelques mots que je ne parviens pas à saisir. Désespérée, je prie le ciel pour que tu t'aperçoives de ma présence. Je voudrais crier pour attirer ton attention, mais tu n'aimerais pas ça. Je suis déchirée entre ma crainte de te déplaire et mon désir de ne pas quitter le chantier sans que tu m'aies vue.

Soudain, alors que je ne m'y attends plus, tu lèves les yeux pour les poser sur l'endroit exact où je suis. Mon souffle se fait court : c'est comme si tu avais toujours su que je me trouvais là, moi aussi. Tu souris, exténué par la matinée que tu as passée à faire retentir le marteau-piqueur sur les chemins. Mes lèvres s'étirent aussitôt.

Je note la fatigue ancrée en toi. Elle semble s'être incrustée sous ta peau pour ne plus faire qu'un avec toi. Avant que je puisse détailler davantage les traits de ton visage las, tu détournes le regard et le reportes devant toi. Tu attrapes le sac que te tend ton épouse, et – comme si votre rencontre n'avait jamais eu lieu – tu lui tournes le dos et t'en vas retrouver tes compagnons d'infortune.

La tête baissée, ma mère rebrousse chemin, presque honteuse de s'être fait prendre à discuter avec son mari. Elle me saisit par le poignet et m'entraîne hors du site pour rejoindre l'arrêt de bus le plus proche. Je me laisse guider, le livre suspendu au bout de mes doigts. Mon visage est tourné en direction du chantier, mais tu as disparu de mon champ de vision. Le moment a été fugace. Je ne parviens plus à te distinguer parmi les nombreux uniformes qui s'activent à la tâche.

Déçue, je ferme les yeux afin de me remémorer ton image qui fait ma fierté : celle de ta silhouette longiligne, vêtue de son habit de travail, qui se démarque au milieu des autres. Tu avais mis la main en visière sur le front, et les sentiments qui m'assaillent à ce souvenir sont indescriptibles !

Le fantasme n'est rien, comparé à la réalité. C'est ce jour-là que je l'ai compris.

Depuis, la vision que j'ai du monde a changé. Il ne reste rien de l'émerveillement qui m'avait gagnée ce jour-là. Lorsque, au détour d'une rue, je tombe sur un site de construction, je ne parviens plus à m'extasier. La vue de ces ouvriers qui s'activent sans oser s'offusquer de leurs conditions – comme tu le faisais, toi – me brise le cœur. Aujourd'hui, je comprends les difficultés inhérentes au métier. Chaque fois que mes yeux s'attardent sur les visages résignés, tournés vers la terre, je peux y lire l'abandon de tout rêve. Ces figures ternes me ramènent à toi ; elles me rappellent ton histoire. La rage qui me gagne alors est instantanée. Je tente de la contenir, mais elle s'accroche. Je le regrette, bien sûr ; je me dis que je devrais faire preuve de plus de discernement. Mais c'est plus fort que moi. Tu ne m'en voudras pas, n'est-ce pas ? Dis-toi que c'est en partie ta faute si je raisonne de la sorte.

Quand, chaque matin, tu te levais sans rechigner pour te coucher, chaque nuit, sans soupirer, tu te brisais ; tu perdais les étincelles qui avaient forgé tes rêves. Et ce, dans l'espoir que tes enfants puissent atteindre un environnement social qui t'était inaccessible. Tu t'acharnais à vouloir leur bâtir la vie que tu aurais désiré avoir. Tu te donnais du mal pour leur offrir une éducation différente de celle qui avait été la tienne, au moyen d'un travail qui t'asservissait.

Tu sais, je déteste l'argent qui t'a dominé. Je le hais davantage depuis que j'en ai. À présent que je me trouve là où tu as toujours souhaité que je sois, l'existence est devenue d'un ennui !

La petite bourgeoisie est un milieu fastidieux, oui. J'aurais aimé que tu le saches.

7

Nous traversons ce pays au nom imprononçable tandis que l'obscurité nous enveloppe. Installée sur la banquette arrière de la voiture qui fait ta fierté depuis tant d'années, je fixe par-delà la vitre l'opacité, au-dehors, qui rappelle un gouffre. Le livre dans lequel je ne parviens plus à me plonger repose sur mes genoux. La nuit est trop épaisse et m'empêche de poursuivre ma lecture.

Assis sur le siège avant, les mains pressées contre le volant en vieux cuir usé, tu combats le sommeil qui t'a rattrapé, le regard rivé devant toi. Dans le rétroviseur central, j'aperçois les cernes sur ton visage, chaque fois que les rayons lumineux des phares, venant en sens inverse, percent la pénombre et t'éblouissent. Si tout le monde dort, dans la voiture, je me force à garder les yeux ouverts pour profiter de chaque seconde avec toi. Voilà plusieurs jours que nous sommes sur la route. L'atmosphère mélancolique des paysages de plus en plus verts et sauvages déteint sur mon humeur. Je passe des heures à me languir, le regard perdu au loin, tandis que les kilomètres abattus nous rapprochent un peu plus de ton village, niché là-bas, dans les montagnes de ton pays. Pour échapper à l'ennui, je m'imagine gambadant dans ces lieux où tu es né et où tu as grandi. La perspective de me promener le long de ces champs, dans lesquels tu as commencé à travailler alors que tu n'étais qu'un enfant, m'enchante. Je clos les paupières et frétille d'impatience à l'idée d'étancher ma soif dans ce courant d'eau où tu trempais tes lèvres, autrefois. Je veux emprunter le sentier qui mène aux bains pour m'y laver en suivant le rituel d'antan ; je souhaite découvrir l'école où tu as appris à lire, toi.

Ah ! Quelle extase ce sera de goûter au parfum de ta jeunesse !

Je tente de rester éveillée, mais le sommeil finit par me happer. Un rêve étrange m'assaille : je suis devenue l'enfant que tu étais, à mon âge. J'agis et me comporte comme tu aurais agi et te serais comporté, mais je ne parviens pas à me défaire de la conscience de ne pas être toi. Je veux adopter l'attitude et la conduite qui feraient de moi celui que tu es, toi. Rien n'y fait : cela est impossible. À regret, la tête lourde, je soulève les paupières pour revenir à la réalité d'une existence qui me paraît terne et inaboutie.

Dehors, le jour s'est levé ; la vie a repris son cours. Une chanson locale passe à la radio, tandis que ma mère rappelle à l'ordre mes sœurs qui, à mes côtés, haussent le ton pour se disputer la victoire d'une partie de cartes. Indifférente, je détourne mon attention et promène mon regard sur les paysages pittoresques qui se dévoilent au détour d'un virage ou à la sortie d'un tunnel. La route s'enfonce en zigzag dans des décors arides bordés par des précipices vertigineux.

Au bout d'un moment, je lève les yeux pour examiner ton visage qui se dessine dans le rétroviseur. Ta figure est blême et les cernes crient ta fatigue.

– On va faire une pause, lâches-tu d'un air las.

Ta voix trahit ton épuisement. Je m'empresse d'acquiescer la première, désireuse de te plaire.

Tu gares la voiture au bord d'un terrain qui offre une vue imprenable sur la plaine. Une allégresse nouvelle et bienvenue me submerge tandis que je pose le pied sur la mousse délicate. On dirait que la vie rejaillit de nouveau en moi au contact de cette terre, ravie de m'accueillir dans son giron. Par moments, quelques véhicules troublent le silence aux alentours. Toutefois, ils ne parviennent pas à altérer le sentiment d'extase qui m'a gagnée. Pendant que ma mère et mes sœurs explorent les environs, je reste assise sur la banquette arrière, exposant par la portière ouverte mes mollets nus à la chaleur ardente des rayons du soleil. Je profite de ce répit pour me délecter de l'air vivifiant qui arrive jusqu'à moi. L'odeur de la nature me chatouille les narines. Je me plais à la respirer pour jouir de sa fraîcheur.

Du coin de l'œil, je t'observe alors que tu quittes le véhicule. Tu le contournes, ouvres le coffre ; tu fouilles à l'intérieur et en sors un vieux plaid que tu cales sous ton bras. Puis tu plonges au cœur du site et tu t'immobilises au centre du terrain, là où l'herbe est la plus belle. Tu déploies la couverture et t'y agenouilles, courbant le dos. Tu t'assures que le tissu est correctement aplati au sol avant de t'y coucher à plat ventre. Enfin, délicatement, tu appuies la joue sur tes avant-bras.

Tu as tourné la tête de façon à pouvoir admirer la vue qui domine l'horizon. La voûte exubérante des massifs qui s'étalent sous nos yeux est à couper le souffle. Les forêts qui peuplent les sommets se profilent au loin. Au milieu des rayonnements inondant la plaine, je garde le silence pour ne pas troubler la paix de ce repaire immaculé.

Quelques oiseaux voltigent dans les airs, au-dessus de nos têtes. Leurs cris ne m'arrachent pas au spectacle que tu offres – unique, lui. Et je demeure là, à le contempler, devinant les traits enfin détendus de ton visage assoupi. Je ne me lasse pas de scruter ton corps, allongé au cœur des chaînes de montagnes. Bien sûr, je suis épuisée par ces jours et ces nuits passés à l'intérieur d'un véhicule qui, en vérité, est trop étroit pour tous nous accueillir. Bien qu'abattue par ces dernières heures, luttant contre le sommeil, je me raccroche à mon imaginaire pour tenir le coup. Comme toujours, mon fantasme de toi est salvateur ! Il m'aide à m'échapper d'une existence qui est loin de répondre à mes attentes démesurées ; il me permet de survivre à un quotidien qui n'est pas du tout à la hauteur de mes ambitions.

Et puis je sais que, tout au long des derniers kilomètres qui composent notre trajet, tandis que nos cœurs s'enflammeront à l'idée de traverser la frontière et d'enfin poser le pied sur la terre de nos ancêtres, moi, je fermerai les paupières pour échapper à l'attrait de la réalité. Je conserverai en moi cette image de toi, intacte : tu es couché sur l'herbe haute, les bras croisés. Enfin apaisé…

Ton visage est tourné vers l'horizon qui surplombe les massifs verts de ce pays au nom imprononçable. Et jamais je n'oublierai.

8

Je plonge la main dans la boîte aux lettres rouillée suspendue au poteau planté au bout du jardin et j'en retire une carte postale timbrée de l'étranger. Je passe en revue les paysages qui y sont gravés : ils me rappellent ces terres que je rêve de fouler à nouveau. Le souvenir des longues promenades, sur les sentiers qui mènent à ton village, me revient alors ; ce havre de paix, perdu dans les montagnes de ton pays qu'il me tarde de retrouver, l'été prochain.

Au dos de la carte, quelques mots ont été gribouillés dans une langue que je ne parviens pas à déchiffrer. L'écriture est hasardeuse. Sous le soleil trop ardent à cette heure matinale, je tente – en vain – de leur trouver un sens, mes yeux survolant la courbe des lettres tracées à la hâte, dans une encre d'un bleu aussi pur que le ciel. Quelques enveloppes blanches traînent également au fond de la boîte, mais mon attention est focalisée sur la missive que je tiens entre les doigts. D'un geste, je fais tourner la clé dans la serrure. Laissant le reste du courrier derrière moi, je m'éloigne, le bruit de mes sandales raclant le gravier.

Dans un premier temps, je ne vois pas la silhouette qui vient de faire son apparition et s'immobilise sur le seuil de la porte. Je m'avance vers la maison à petits pas, ignorant encore qu'en l'espace de quelques secondes, la vie peut basculer de la joie au malheur et aux pleurs. Et quand ma mère pose une main tremblante sur son cœur, je lève la tête et fixe sa mine affligée. J'éprouve des difficultés à l'interpréter. Un mauvais pressentiment me gagne, tandis que mes pensées se tournent vers toi. Je voudrais savoir si toi aussi tu en seras affecté, mais ma mère ne me laisse guère le temps de l'interroger. Elle s'empresse de venir à ma rencontre, les cheveux ébouriffés autour de sa figure, comme si je risquais de disparaître dans la nature si elle ne se hâtait pas.

Arrivée à ma hauteur, elle m'arrache le message des mains et le porte à quelques centimètres de son visage. Elle déchiffre chaque mot, chaque phrase, en accusant le choc. Elle blêmit et se tourne vers le ciel en balbutiant des paroles inaudibles, sans doute adressées à l'être invisible et transcendant. Son regard s'embue de larmes. À plusieurs reprises, elle baisse la tête pour relire la missive, comme si son contenu pouvait avoir changé entre-temps. Puis elle se rappelle ma présence et se mord les lèvres en me dévisageant d'un air chagrin.

Sa main vient caresser ma joue.

– Ta grand-mère…

Elle a parlé d'une voix atone, comme si elle était étrangère à la scène dont elle est la protagoniste. Pourtant, sa peine est réelle. Je le vois à sa manière de tenter de refréner les spasmes qui ont pris d'assaut son corps. J'aimerais ressentir la douleur qui est la sienne – et qui devrait être la mienne, en de telles circonstances –, mais je ne parviens pas à concevoir le caractère dramatique de la situation. Je suis trop jeune encore. Je ne peux comprendre le sens ni saisir l'ampleur des mots. Ce n'est que lorsque je songe à la peine qui sera la tienne quand, toi aussi, tu apprendras la nouvelle, que la tristesse s'empare de moi. Les larmes apparaissent, s'accumulent au ras de mes cils. Déjà, je vois les tiennes se répandre sur tes joues et s'égarer dans ta barbe. J'ai soudain peur pour toi.

Affectée par ton chagrin à venir, j'emboîte le pas à ma mère qui rebrousse chemin pour regagner la maison. À l'intérieur, l'atmosphère – d'ordinaire égayée par les cris de joie et les rires de mes sœurs – est silencieuse et terne. C'est à peine si l'on ose échanger quelques paroles de peur de briser la solennité qui s'impose.

Je me tiens la journée entière au pied de la fenêtre, agrippée à son rebord et perdue dans mes pensées, guettant ton arrivée dans la crainte de te voir apparaître au coin de la rue où le bus te dépose chaque soir. Les secondes défilent ; les minutes s'égrènent. Imperturbable, je demeure à mon poste, le dos tourné aux aiguilles de l'horloge du salon qui, insensibles à ma détresse, poursuivent leur course sur le cadran. Pour le moment, tu ne te doutes de rien ; tu ne soupçonnes pas le malheur prêt à s'abattre sur toi, pas plus que l'étau qui se resserre. Et quand, au bout de trop longues heures, je te vois à l'endroit précis où le véhicule, plein de ces uniformes bleus et de ces regards vides, vient de s'arrêter, mon cœur fait un bond dans ma poitrine et mon pouls s'accélère. Mes poings se crispent et le désespoir me gagne pour de bon.

Tu as l'aspect sale de celui qui a perdu une part de lui-même dans les chantiers. Tes vêtements de travail sont recouverts de crasse et de poussière. La mine fatiguée, tu arrives en traînant le pas. Tes yeux sont rivés sur tes chaussures ; ta silhouette trop fine pour ton âge te fait paraître plus longiligne encore. Je tremble d'avance à l'idée de la scène qui va suivre.

Tu avances, tandis qu'à ton insu je te scrute à travers les rideaux du salon. Je suis envahie par l'émoi propre à l'enfant que je suis. C'est une certitude, à présent : d'ici peu, tu t'effondreras. Le savoir me procure un semblant de pouvoir sur toi auquel je goûte, non sans éprouver de la honte. Tu n'échapperas pas à ton malheur. Et toutes les larmes de ton corps ne pourront rien y changer. Je n'ai pas besoin de le vivre pour me l'imaginer : le spectacle va se jouer sous mes yeux, avant même que la réalité m'ait rattrapée ; les cris de désespoir qui émaneront de ta gorge et tes jambes qui peineront à te maintenir debout… Si je suis terrifiée, je ne peux m'empêcher de ressentir une jouissance malsaine à l'idée d'être le témoin de ta déchéance.

Bien sûr, je m'en veux ! Les remords me rongent aussitôt ; ils me broient de l'intérieur. Troublée, je me demande si c'est vers la femme qui n'est plus que tes pensées sont tournées, tandis que tu remontes la rue, inconscient du traquenard prêt à se refermer sur toi. Est-ce le souvenir de ses baisers passés qui te donne cet air affligé et morose ? Serait-il possible que tu soupçonnes que jamais plus tu ne reverras le visage de celle qui t'a bercé contre son sein et aimé, comme seule une mère peut le faire ? Te doutes-tu que c'est le malheur qui t'accueillera, une fois franchi le seuil de la porte vers laquelle tes pas te mènent ?

Tu es si proche à présent qu'en tendant le bras, tu pourras saisir la poignée et la tirer à toi. Ce n'est plus qu'une question de secondes... Les battements de mon cœur s'accélèrent, redoublent d'intensité pendant que je continue à te fixer depuis mon poste d'observation, coite et pétrifiée. Je voudrais t'avertir ! Je souhaiterais te sommer de stopper ton pas, même s'il faut pour cela que tu demeures à jamais là où tu te trouves ! Mais tu n'en comprendrais pas la raison et tu poursuivrais ta route, l'air de rien.

Il ne me reste dès lors qu'à prier le ciel pour qu'il m'accorde la faveur d'oublier les minutes qui vont suivre – ce moment fatidique où tu ouvriras la porte, et, témoin de nos mines attristées, tu nous interrogeras ; je voudrais qu'il efface de ma mémoire cet instant maudit !

Et aujourd'hui, je te revois ; je peux vivre de nouveau cette scène où tu t'effondres, tandis que tes jambes cessent de porter ton corps, si malingre pourtant. Une page de ton existence se tourne ; une réalité de plus passe à l'état de souvenir, pour toi.

Crois-moi : j'ai conscience que cette histoire n'est pas plaisante à suivre. Elle fait cependant partie de ta vie. Rien que pour cela, elle vaut la peine d'être contée.

9

Le directeur de l'école est au centre de la scène. Le sourire aux lèvres, il se tient au côté du garçon qui vient d'obtenir le prix en mathématique. Ce dernier, pris au jeu, répond aux questions qui lui sont posées. C'est avec plaisir qu'il accueille les louanges qu'il reçoit et mérite. Aucunement intimidé par la situation, il paraît ravi de voir son dur travail de l'année enfin récompensé. Par moments, il acquiesce même aux éloges qu'on lui fait. Et d'une main ferme, il s'empare du microphone pour insister sur quelques points qu'il lui semble important de souligner.

Perdue au sein du groupe d'élèves tapis au pied de l'estrade, je feins d'être sereine. Mes mains sont moites et ma gorge est nouée. En réajustant mes lunettes trop grandes pour mon visage, je sens la sueur dégouliner le long de mes tempes. D'ici quelques minutes, ce sera à mon tour de monter les marches. Et l'idée de faire face aux parents venus acclamer leur progéniture m'angoisse.

Pour me rassurer, je lance un regard en direction de l'assemblée. Je le sais : tu te trouves parmi ceux qui la composent. Je t'ai aperçu, un peu avant le début de la cérémonie, quelque part sur la droite. Tu tentais de te frayer un passage jusqu'à la chaise vide que ma mère avait gardée pour toi, t'excusant chaque fois qu'il t'arrivait de bousculer une jambe ou d'effleurer un bras. Tandis que j'attends de recevoir le prix en français, j'imagine l'état d'euphorie dans lequel tu dois te trouver, à présent que, comme moi, tu te languis de mon triomphe.

Un coup de coude d'une camarade de classe me sort de mes pensées.

– C'est toi qu'il appelle. Tu es devenue sourde, ma parole !

Je sursaute, tourne la tête : depuis l'estrade, le directeur est penché vers moi, la main tendue et les lèvres étirées. Il s'autorise même une plaisanterie que je ne saisis pas, mais qui a le don d'égayer le public. Tous rient à présent, et je m'inquiète à l'idée que, toi aussi, tu puisses t'amuser de moi.

J'agrippe les doigts du directeur, qui me fixe toujours d'un air enjoué. Consciente des regards braqués sur moi, je grimpe l'escalier. Et ainsi exposée aux projecteurs, je rejoins le centre de la scène, le pas gauche et le rouge aux joues. Sous l'insistance du directeur, qui ne me quitte pas d'une semelle, je me poste au pied du microphone – que l'on réajuste à ma taille – et, la voix tremblante, je me présente. L'homme, ravi, me tend un certificat que je saisis du bout des doigts, comme s'il ne m'appartenait pas. Ce bout de papier ne parle pas, certes, mais il est le miroir de la valeur qui m'est donnée. Il légitime ma présence sur l'estrade et l'attention qui m'est accordée. Je le fixe, fascinée par sa banalité. Je pourrais rester là, à le décortiquer durant des heures, mais des murmures dans la salle me ramènent à la réalité. Je m'empresse de lire ce qui y est inscrit : mon parcours exemplaire est reconnu, ainsi que mes compétences dans la langue de Molière.

Je déglutis et relève la tête : submergé par l'émotion, la mine fière, le directeur m'ébouriffe les cheveux d'un geste affectueux. En s'emparant du microphone, il explique que ma réussite est un pied de nez à ceux qui pensent que l'immigration n'a rien à proposer en retour. Je serais la preuve que l'amour du français n'est pas inné ; il n'est ni sélectif ni héréditaire. Il ne suffirait pas d'être né d'une lignée – qualifiée par certains de pure – pour le comprendre et le maîtriser.

Non – la passion de la langue s'apprend. Elle s'acquiert, se bâtit et s'obtient. Elle s'offre à quiconque s'y intéresse, quel que soit le bagage social ou culturel que l'on traîne derrière soi. Ce n'est pas déterminant de savoir d'où l'on vient : c'est la destination qui compte. Et c'est ce que je représenterais, moi qui suis l'objet de toutes les attentions, tandis que je triture ce bout de papier qui semble attester ces belles paroles.

Le directeur laisse perdurer quelques secondes le silence que ses mots ont instauré, savourant l'effet qu'il produit. Puis, lorsque les applaudissements éclatent, je tourne la tête pour l'observer. Je peine à comprendre l'engouement que ma personne engendre. Après tout, ma maîtrise du français est naturelle ; elle est ancrée en moi et ne mérite pas de susciter une telle admiration. Elle est aussi inhérente à mon existence que tu l'es, toi.

Dans le public, les visages me fixent et me jugent d'un air curieux. Je les balaie du regard et pars à la recherche de la figure familière qui importe à ma vie. Il suffit qu'il se pose sur toi pour que je comprenne la différence de ta déférence à mon égard. Tes yeux, à toi, ne mentent pas. Et par-delà les nombreuses têtes qui nous séparent sans parvenir à nous diviser, tu fais part de ta fierté de me savoir faite de ton sang et de ta chair.

Ma réussite t'appartient ! Et tandis que tous se lèvent pour exprimer leur enthousiasme, toi, tu restes assis. Les corps qui t'entourent m'empêchent de t'apercevoir. Je continue pourtant à fixer le point où je sais que je te retrouverai, lorsque le chaos prendra fin et que cris et louanges auront disparu.

Quand tous m'auront oubliée, tu seras encore là, toi, pour m'admirer.

Enfin, les spectateurs se rassoient pour focaliser leur attention sur le prochain élève qui montera sur l'estrade. Mais moi, je reste plantée sur scène, tandis que mon regard, dont la force est consolidée par ton amour, retourne s'ancrer dans le tien qu'il a retrouvé pour ne plus le lâcher. Je comprends alors le message que tu veux faire passer ; je saisis la singularité de notre relation.

Je l'admire, plus que tout au monde.

10

Les flocons de neige tournoient, virevoltent au-dessus de ma tête. Dans l'immaculé silence de la nuit – si calme et douce –, les milliers de confettis blancs tombent sur la terre ; ils s'amassent, recouvrent les paysages et les routes, unifient la couleur des véhicules stationnés le long des trottoirs.

Éblouie par l'immensité de l'espace, je baisse les yeux. Sous la lueur jaunâtre de la lune, je peux voir ton profil se dessiner dans l'ombre. Tu as plongé le nez à l'intérieur du capot de la voiture qui a rendu l'âme ; ton bonnet de laine est enfoncé sur le crâne, et tes deux mains tachées sont placées des deux côtés de la carrosserie. À quelques pas de toi, je patiente, les membres glacés. Plus que jamais, je voudrais rebrousser chemin et regagner la maison pour retrouver le poêle à bois devant lequel j'aime m'étendre.

J'écouterais le crépitement de ses braises et profiterais ainsi de la chaleur qu'il dégage… Il ne peut en être question, toutefois.

Autour de moi, les mâchoires s'entrechoquent de froid et des soupirs inquiets se font entendre. Mes sœurs se pressent l'une contre l'autre pour tenter de se réchauffer. Les doigts de la première remontent la fermeture de son manteau d'hiver jusqu'au cou ; l'écharpe de la seconde se resserre. À leurs côtés, ma mère enroule ses bras autour de son corps. Inquiète, elle jette sur sa progéniture un coup d'œil avisé, avant de t'encourager à te dépêcher.

– Il fait si froid, gémit-elle.

Quelques rares badauds nous contemplent, surpris devant le spectacle que nous offrons. Indifférente au jugement de ces inconnus, je garde les yeux rivés sur ta mine sombre, tandis que tu rabats le capot dans un claquement sec et que tes yeux, fatigués, s'attardent sur le châssis rouillé.

Je n'aime pas te voir peiné.

– En rejoignant le haut de la pente, peut-être… ?

Ton regard passe de visage en visage, avec gravité. Tu as murmuré, mais les mots qui se sont échappés de tes lèvres ont été entendus.

Dépitée, je jette un œil sur la descente qui se trouve au coin de la rue. Je tente de calculer la distance et le temps qu'il nous faudra pour pousser l'auto jusque-là. Je n'ai pas le loisir de poursuivre mes spéculations, car chacun se déploie pour prendre place autour du véhicule et je n'ai pas d'autre choix que de les imiter. Les pneus glissent peu à peu sur la route ; à chaque mètre parcouru, une ivresse nouvelle me gagne, me procurant un sentiment d'invincibilité. Jamais la primauté de l'intérêt du groupe sur celui de l'individu ne m'est apparue aussi évidente.

Tandis que je chemine et brave le froid, le vent glacial se soulève et me frappe en pleine figure. Devant moi, les corps voûtés de mes sœurs peinent à marcher droit. Leurs pieds s'enfoncent dans la neige à chacun de leurs pas ; leurs râles se font de plus en plus plaintifs à mesure que nous avançons. Sur les derniers mètres, je suis contrainte de progresser à l'aveuglette, moi aussi. Le nez enfoui dans l'écharpe rouge tricotée par ma mère – que je devine essoufflée dans mon dos –, je tente de réchauffer mon visage dans la chaleur de la laine. L'air siffle entre mes lèvres : j'expire, je halète. Mon corps tremble dans mon manteau d'hiver trop grand pour moi. À l'intérieur des bottes en fausse fourrure que j'ai héritées de mes aînées, les muscles de mes mollets se crispent et se tendent.

À présent, la voiture échappe à notre contrôle pour entamer sa lente descente. Elle s'éloigne en glissant sur la terre gelée dans un bruit étouffé. D'un bond, tu t'empresses de sauter dans le véhicule en mouvement afin de récupérer ta place sur le siège avant. Tes mains, fermes, s'enroulent autour du volant ; tes yeux, alertes, se figent sur la route devant toi. Dans cette posture, tu sembles te préparer à aller au-devant des pires calamités. Et l'angoisse me serrant la gorge, je laisse l'auto parcourir les mètres et creuser l'écart entre nous.

Soudain, l'idée d'être séparée de toi devient un supplice. Je me jette en avant pour te retrouver. Mes jambes remuent avec frénésie ; j'ai le souffle coupé et mon visage s'empourpre. En cet instant, seul l'instinct commande. Il me semble que la voix de l'une de mes aînées, dans mon dos, m'interpelle pour essayer de me retenir. Je ne l'écoute pas. Mon attention est tout entière focalisée sur ta silhouette que je peux distinguer à travers les vitres de la voiture.

Je presse le pas et me rapproche : je ne suis plus qu'à une courte distance de toi. D'un geste, je saisis la poignée : la portière s'ouvre sous la force que je déploie. Le véhicule finit par s'enfoncer dans l'obscurité, pendant que je prends place à tes côtés – soulagée et enfin apaisée.

Ma mère et mes sœurs, demeurées en haut de la pente, nous regardent nous en aller avec dépit.

– Ta ceinture…

Tu as parlé d'une voix autoritaire, et j'obtempère. Le visage fermé, tu scrutes la pénombre, le poing agrippé autour du frein à main, prêt à faire face à l'imprévu tandis que l'auto s'engouffre dans le ventre de la nuit. Le silence – que seules semblent pouvoir perturber les complaintes disgracieuses émises par le moteur – tombe entre nous. Très vite, je comprends que la voiture ne démarrera plus. Dans le froid qui transperce la carrosserie rouillée, je sens l'impuissance me gagner, alors que l'engin confirme mes craintes et s'immobilise pour de bon au bout de la rue.

Durant quelques secondes, à l'abri de la neige et de ses flocons, nous contemplons les ténèbres qui nous encerclent. Il est inutile de perturber le calme qui s'est installé : les faits sont là, attestés par le soupir que je t'entends pousser à côté de moi. Je détache la ceinture de sécurité qui m'enserre le corps. Le bruit que fait la boucle te sort de tes pensées. Tu tournes la tête pour m'observer, et il me semble pouvoir lire en toi. La perspective de devoir effectuer le chemin inverse à pied ne me réjouit pas, moi non plus. Mais la vie ne nous donne pas toujours le choix.

Nous quittons le véhicule, les épaules affaissées et le dos voûté. Je remarque ton air dépité au moment où, machinalement, tu me rejoins et saisis ma main pour l'insérer à l'intérieur de la poche de ton manteau. Tu la préserves du froid, je le sais. Et dans la chaleur du tissu doublé de laine, je sens tes doigts pétrir les miens pour les réchauffer.

En silence, nous gravissons la montée, les flocons ne cessant de s'empiler sur nos têtes. L'obscurité est épaisse et glaciale, et seul nous parvient le bruit assourdi de nos chaussures qui écrasent la neige.

Le souvenir de cette nuit continue de me hanter.

Tu avances, sans rien exprimer de ton agacement, tandis que tu luttes contre le souffle du vent qui fouette ton visage. Tu parais soucieux, bien que tu t'interdises de partager avec moi la colère qui te ronge. Ma main, enserrée par la tienne, est à l'abri dans la poche de ce manteau que tu portes chaque hiver ; un manteau marron, usé par le poids des années, et dont tu as remonté le col jusqu'aux oreilles pour te protéger du froid. La figure à moitié cachée par l'écharpe que tu as enroulée autour de ton cou, tu t'assures de me garder à ta hauteur, comme si tu craignais qu'une bourrasque ne vienne m'arracher à toi. Dans la féerie des illuminations de Noël qui ornent les fenêtres des villas devant lesquelles nous passons, je me sens l'esprit d'une guerrière apte à endurer les pires calamités tant que tu seras à mes côtés pour me donner des forces.

Et tout au long du chemin qui nous ramène au coron – où se trouve le foyer dont la pensée ravive tant de sensations en moi –, nous n'échangeons aucun mot. Il n'y a tout simplement rien à ajouter ! La magie du moment occulte le reste. Le poids du silence pourrait s'éterniser mille ans, qu'il ne perturberait pas mon âme. Car cette panne, cette pente et cette nuit sont pour moi l'occasion inespérée de faire partie d'un instant marquant de ta vie. Et c'est là un sacrifice qui vaut toutes les peines du monde.

Le jour suivant, assise sur les marches du perron de la maison, le menton appuyé sur mes poings gantés et le corps enveloppé dans ma veste en duvet rouge foncé, je guette ta silhouette qui remonte la rue au coin de laquelle le bus vient de te déposer. Les battements de mon cœur redoublent d'intensité. Les flocons de neige, sublimés par la lumière du crépuscule, créent autour de toi un halo doré qui te donne un air mystique. Tandis que tu t'avances vers moi de ton pas régulier, j'admire une fois de plus ta beauté.

J'aime ton allure svelte et ton air imposant ; j'envie ta peau mate, qui contraste avec la blancheur des flocons amassés sur ta chevelure. Tes sourcils noirs assombrissent ton regard, certes ! Mais il est adouci par les reflets verts de tes yeux. Tes lèvres, charnues et dessinées, sont une promesse de baisers volés ; ton sourire – je le sais – réveillerait des passions enfouies et redonnerait du baume aux cœurs les plus misérables, oui ! Quant à tes jambes, elles ont beau abattre chacun des mètres qui nous séparent l'un de l'autre, leur cadence reste trop mesurée à mon goût. Et ne tenant plus, je me redresse pour m'élancer vers toi et aller à ta rencontre.

L'instant suivant, me voilà en train de courir sur les trottoirs dépeuplés pour te retrouver. Je ne prends pas la peine de jeter un œil sur les rues avant de les traverser. Mes yeux demeurent rivés sur ton corps, qui grossit à mesure que je me rapproche. Lorsque enfin j'arrive à ta hauteur, je me jette dans tes bras, resserrant mon étreinte autour de ton cou, pendant que tu te penches pour déposer un baiser sur chacune de mes joues en feu. J'en profite pour enfoncer mon visage dans le creux de ton épaule. Et nous restons enlacés sous la neige, indifférents à la vie et à tout ce qu'elle a encore à nous offrir.

Je ne sens plus le froid. C'est comme si ton amour parvenait à réchauffer mon corps et mon cœur, et je prie le ciel afin qu'il me donne l'éternité pour apprécier ce moment avec toi. Trop vite, tu me repousses, ébouriffant ma chevelure d'un geste affectueux.

Je te contemple avec adoration, tandis que, tout sourire, tu saisis ma main et l'insères à l'intérieur de la poche de ton manteau. Tu te remets à marcher en direction de la maison, et l'âme en émoi, je me laisse guider par tes pas en adoptant ta cadence. Dans le plaisir de l'instant présent, aucun de nous n'ose aborder l'objet du problème : la raison pour laquelle tu t'es absenté, ce matin. La voiture, qui nous a lâchés ; la casse, où elle a terminé.

Tu vois, mon cœur est en peine. L'auto ne payait pas de mine, certes, mais je n'en aurais souhaité aucune autre ! Sa couleur écaillée témoignait de son dévouement à notre égard ; ses pannes – de plus en plus fréquentes – étaient un rappel à continuer de la chérir pour l'effort qu'elle déployait à nous servir. Et puis, je lui devais quelques-uns de mes souvenirs les plus précieux ! Ceux que j'ai construits avec toi…

Et je te revois, assis derrière son volant, fredonnant la musique de ton pays et jetant, de temps à autre, un regard malicieux dans le rétroviseur central afin d'y croiser le mien. Les clins d'œil que tu m'adressais alors, complice de mes maladresses et de ma gaucherie, me réchauffaient le cœur, chaque fois que je les surprenais ! C'est l'un de ces clins d'œil qui m'a convaincue de narrer ces souvenirs de toi. Déjà, à l'époque, je comprenais l'importance de raconter ton histoire. Tu ne t'en doutais pas, n'est-ce pas ?

Oui, je me rappelle très bien.

11

Tu t'en souviens, n'est-ce pas ? La sonnette qui retentit…

C'est la femme qui vit dans le quartier avec le vendeur de voitures d'occasion. Elle se tient debout, sur le seuil de la porte. Je la reconnais aussitôt, car il m'arrive de la croiser, certains matins, sur le chemin du collège. Assise devant chez elle, sur les marches du perron, elle passe son temps à contempler, de son air mélancolique, le monde qui va et vient, comme si elle n'avait rien de mieux à faire. Contrairement à son compagnon, elle me salue toujours d'un signe de la tête quand elle m'aperçoit.

À présent, dans la pénombre qui commence à s'installer, la jeune femme a l'air misérable. Elle peine à se tenir sur ses jambes. Les bras nus et les yeux rougis à force d'avoir pleuré, elle garde la tête baissée, osant à peine prononcer un mot pour expliquer sa présence. Je profite de sa vulnérabilité pour admirer ses traits parfaits : ses cils, ses dents blanches, qui contrastent avec la couleur de sa peau ébène ; ses lèvres charnues, encadrées de fossettes, qui lui donnent un air malicieux même quand elle ne rit pas ; ses cheveux, tressés sur la tête, qui descendent en cascade sur des épaules qu'elle a droites et carrées. En dépit de son silence, son visage exprime son désarroi.

– Que s'est-il passé ?

Je l'interroge d'une voix pressante, tandis qu'elle se laisse tomber sur le canapé. Prévenantes, mes sœurs me tirent à elles. Elles me forcent à demeurer en retrait, à leurs côtés, sans doute pour vous permettre, à ma mère et à toi, de prendre les devants.

Face à nous, la jeune femme essaie de contrôler les spasmes qui ont gagné ses membres, mais elle n'y parvient pas. Elle sourit, ouvre la bouche pour s'expliquer. Seuls des sanglots s'échappent de sa gorge. Et elle se cache le visage à deux mains pour couvrir son chagrin. Son dos est voûté et ses pieds – qu'elle a pris soin de déchausser avant d'entrer – sont posés à plat sur le parquet. Nul n'ose la brusquer. Au bout d'un long silence, elle relève la tête et nous fixe, comme si les secondes précédentes ne s'étaient jamais écoulées. Elle semble être devenue une autre, soudain. Ses yeux sont secs et ses lèvres ne tremblent plus.

D'une voix atone, elle nous apprend que son compagnon l'a mise à la porte.

– Je n'ai plus rien, ajoute-t-elle, comme si parler lui permettait d'extérioriser sa peine.

En dépit de mon innocence, je compatis à son malheur. Sa détresse me fend le cœur… Elle n'est pas d'ici. Isolée, elle est livrée à elle-même dans un pays qui lui est étranger et qu'elle connaît à peine. Elle est de nature si discrète et fréquente si peu de monde ! Peut-elle être heureuse, loin des siens et de ses terres ? Son exil me fait songer au tien. Toi aussi, tu as dû quitter ton village et te séparer de ceux que tu aimes pour une vie que tu espérais meilleure, ailleurs.

Elle poursuit et nous apprend qu'elle a tout perdu. Elle se retrouve à la rue, sans rien : ses vêtements et ses affaires personnelles ne lui ont pas été restitués. Et – elle a honte de l'avouer – elle n'a pas d'argent. Nous sommes son dernier recours ; les seuls à s'être montrés bienveillants avec elle, dans le quartier.

Elle s'est remise à sangloter. Nous tentons tant bien que mal de la consoler, cherchant à apprendre si elle a de la famille par ici, ou une personne de confiance qui pourrait l'aider, par là-bas. Elle réfléchit, hésite, les yeux perdus dans le vague. Soudain, une lueur d'espoir rejaillit : sa cousine habite dans le sud du pays. Elle l'avait oubliée !

– Mais je n'ai pas les moyens de m'y rendre. Je n'ai plus rien, répète-t-elle en sanglotant.

Tu échanges un regard décidé avec ma mère. Puis tu plonges la main dans ta poche, d'où tu sors quelques billets de banque froissés que tu glisses entre les doigts tremblants de la malheureuse en lui disant de les prendre et de ne plus chercher à retourner chez l'homme qui la maltraite. Elle doit faire table rase et se donner les moyens d'aller de l'avant. Elle est jeune encore...

Sidérée, la jeune femme fixe la liasse qu'elle tient dans son poing. Quand elle comprend que tu lui offres là une partie du temps que tu as passé dans la crasse des chantiers, elle se redresse : elle ne peut pas accepter ton argent et essaie, par tous les moyens, de te le restituer.

Tu rejettes ses tentatives d'un geste autoritaire.

– Vous en aurez besoin pour repartir de zéro, prendre un bus ou un train pour atteindre le Sud et acheter de quoi manger sur le chemin...

Lucide, elle finit par accepter sa condition. Elle joint les mains sur son cœur, balbutie quelques mots de gratitude et prie le ciel, pour vous. Fascinée par votre générosité, elle vous contemple sans parvenir à retenir ses larmes. Et quand elle comprend qu'elle ne peut se permettre de perdre davantage de temps, elle se lève pour reprendre la route, laissant derrière elle un vide pesant.

Après son départ, la famille regagne sa place sur le canapé pour replonger dans l'intrigue d'un film américain sur la guerre du Viêtnam. Quant à moi, je vais me poster à la fenêtre pour épier le coin de la rue, où celle qui a bouleversé mon cœur vient de disparaître. Le front posé sur la vitre, je revois ses épaules affaissées, protégées par la veste que nous lui avons donnée avant son départ pour qu'elle n'attrape pas froid. Elle avait le dos voûté de ceux qui, résignés, n'ont plus grand-chose à espérer…

Cette image est restée gravée en moi.

Tu connais la suite de l'histoire, n'est-ce pas ? Tu sais ce qu'il est advenu d'elle. Elle a rejoint sa cousine, quelque part dans le sud du pays. Elle a trouvé un travail, s'est mariée et a fondé une famille.

Et te souviens-tu du jour où elle est revenue dans le quartier afin de nous remercier de ce que nous avions fait pour elle ? Il me suffit de fermer les yeux pour revoir son corps gracile qui s'élance pour nous embrasser. Je ne peux oublier les traits de son visage parfait ; ses paupières closes et sa mine sereine…

La scène est si belle dans ma mémoire !

12

– Ils sont des milliers à entrer sur le territoire chaque année. Et que pensent-ils nous apporter en échange de notre hospitalité ?

Les mâchoires serrées, tu t'empresses de finir d'enfouir les boîtes de conserve que le client vient de payer dans les sacs posés devant toi, tout en l'écoutant s'indigner de la menace qu'il croit sentir peser sur lui.

– Leurs traditions sont si différentes des nôtres…

Je te vois hocher la tête, comme si tu approuvais ses paroles. Tu encaisses le coup en te gardant de répliquer. Simplement, posté derrière le comptoir de l'épicerie aux spécialités du pays que tu viens d'ouvrir, tu jettes de temps à autre un œil alerte sur l'homme qui continue à déblatérer. La chevelure grisonnante et la dégaine singulière, le client ne cesse de médire, nullement gêné par la situation bizarre qu'il crée. Il crache sa haine de l'étranger, conscient pourtant qu'il s'adresse à l'un de ceux-là qu'il exècre. Il pousse le raisonnement jusqu'à l'absurde en ajoutant qu'avec toi, c'est différent : tu travailles dur. Tes filles vont à l'université… Et toi, désolé pour lui, tu te contentes d'acquiescer.

L'individu ramasse ses provisions en grognant. Il consent enfin à remarquer ma présence dans un coin de l'épicerie et il pose sur moi un regard suspicieux. Son nez, long et crochu, lui donne l'air d'un oiseau prêt à se jeter sur sa proie pour la dévorer.

– C'est bien à l'université que vous allez entrer cette année, n'est-ce pas ?

Je le lui confirme d'un ton rêche, avant de me remettre à étiqueter les paquets de biscuits sortis de leur emballage en carton. Je t'entends ricaner aussitôt, comme si tu cherchais à excuser ma réaction, tandis que le client continue à me dévisager de ses yeux perçants. Il hésite à surenchérir. Pour l'adoucir, tu lui fais remarquer que toutes les pommes d'un même panier ne peuvent être avariées.

– Encore faut-il trouver les bonnes !

Sa repartie me révulse. Je pourrais m'élancer vers celui qui ose ainsi te manquer de respect, et le gifler. Quel intérêt a-t-il à venir déverser ses penchants racistes auprès d'une famille issue de l'immigration ? De quel droit se permet-il de nous insulter ?

Je me retourne afin de te prendre à partie ; je tente de deviner si, toi aussi, tu partages les idées noires qui me traversent l'esprit. Tu te contentes de sourire, comme si tu avais, en face de toi, un ami de longue date envers lequel tu ne nourrissais que des sentiments respectueux.

De rage, je me détourne de toi. Ce n'est pas la première fois que je te vois adopter cet air complaisant. Pas arrogant, non – ceux qui ont ton passé n'ont pas appris à le devenir. Mais tu laisses le client exprimer tout le mal qu'il peut penser des gens comme toi sans éprouver le besoin de le faire changer d'avis. Contrairement à moi, tu réussis à l'écouter, presque avec attention, sans chercher à lui démontrer son étroitesse d'esprit. Je me dis que, sans doute, tu le vois pour ce qu'il est, au fond : un personnage grotesque, dont les prises de position ne reposent que sur son inaptitude à raisonner par lui-même. Et je regrette de ne pas parvenir à réagir comme toi. C'est plus fort que moi : j'ai du mal à contenir ma colère.

– Je n'insinue pas qu'ils n'ont rien à faire ici. Tout de même, ils seraient plus heureux dans des régions en phase avec leurs valeurs…

De quelles valeurs parle-t-il ? Les tiennes sont celles de l'humanité : elles sont universelles !

Lui continue à médire de son air pincé.

– C'est le choc des cultures, ça !

Je me fais violence pour ne pas répliquer. Tu n'aimerais pas que je réponde à ses provocations, je le sais. Mon tempérament vif me pousserait à passer outre la politesse que tu considères être de mise dans ce genre de situation.

Tout en plaçant un paquet de biscuits sur l'étagère, je jette un œil sur toi. Dodelinant de la tête, tu acquiesces avec l'indulgence de ceux que l'injure n'atteint pas. Et, ravi d'avoir obtenu gain de cause, l'homme laisse apparaître un sourire victorieux qui a pour conséquence de me vexer davantage. Il a le sentiment d'avoir remporté la partie, et cette idée m'horripile. J'aurais voulu que tu lui fermes son clapet ! Il l'aurait tant mérité… Tu te contentes de répondre à son rictus par ton sempiternel ricanement affable. Le client finit par s'en aller, de son pas lent et traînant, mettant un terme à mon supplice. Les sacs au bout de ses bras, les yeux mauvais et une moue sur le visage, il sort de l'épicerie, prenant son temps pour disparaître au coin de la rue.

Je ne peux m'empêcher de me tourner vers toi pour t'interroger : pourquoi te montres-tu clément envers celui qui est venu clamer sa haine d'une part de toi ? Comment parviens-tu à laisser passer l'affront sans t'offusquer ? En quoi serions-nous dans notre tort si nous répondions à ses provocations ?

Tu soupires et prends le temps de cogiter sur ce dernier point. Dehors, quelques chats errants attendent que tu daignes t'occuper d'eux. Tu les contemples d'un air triste. Je comprends, en t'observant, que dans un sens les propos du client ont dû t'atteindre, toi aussi. En dépit de ce que tu as enduré par le passé, aujourd'hui encore, ce qu'un homme peut dire sur toi t'ébranle. Et, peinée de le constater, je garde le silence, me mordant les lèvres pour éviter que ne s'échappe le flot de questions qui se pressent dans ma tête.

Tu finis par parler le premier : tu dis que je ne devrais pas me laisser emporter par la colère, lorsque je suis victime de racisme.

– En vérité, ce sont ceux qui prononcent ces paroles ignorantes qui souffrent le plus, ajoutes-tu dans un souffle, avant de saisir de la nourriture pour les chats et de sortir du magasin, les boîtes calées sous le bras.

Je te regarde t'éloigner. Tu t'arrêtes sur le trottoir, l'air fatigué. Les félins, reconnaissants, te suivent en miaulant. Ils se frottent à tes jambes et n'ont de cesse de vouloir te faire part de l'affection qu'ils te portent. Habitués à ta présence, ils acceptent ta proximité, et toujours ils viennent vers toi. Si à mon tour je les approchais, ils fuiraient…

Résignée, je m'assieds sur un tabouret. Je prends mon mal en patience ; j'attends que tu finisses de t'occuper des bêtes pour m'accorder à nouveau ton attention. Plus je médite, plus je me dis que tu dois avoir raison : il ne sert à rien de répliquer à ceux qui croient tout savoir. En effet, toutes les pommes ne sont pas avariées. Il existe des exceptions. Et celles qui sont bonnes méritent davantage de susciter mon intérêt.

Les causes perdues d'avance ne peuvent que blesser ceux qui tentent de les sauver.

Ravie de constater qu'en fin de compte je me suis mise à réfléchir comme toi, je plante les coudes sur le comptoir et j'appuie le menton sur mes poings. Les yeux rivés sur ta silhouette à l'extérieur, je prends conscience que tes prises de position sont les seules qui soient dignes d'être écoutées, comme si tu détenais l'ultime vérité et que ta parole était d'origine divine.

Bien sûr, tu réfuterais cette hypothèse, toi. Tu dirais que je cherche à t'imiter et qu'il m'arrive de manquer d'objectivité. Et tu es en droit de le soupçonner.

Même moi, parfois, je le pense.

13

Le train entre en gare. Il ralentit, sursaute et s'arrête sur la voie rouillée dans un crissement de frein, et je me retiens de me boucher les oreilles pour me soustraire au vacarme. Autour de moi, les passagers – nullement incommodés, eux – se lèvent en murmurant des mots d'excuse tandis qu'ils trébuchent et se cognent les uns aux autres. La sonnerie d'un téléphone portable retentit. Aussitôt, son propriétaire s'empresse de répondre. Sa voix, anxieuse, s'élève dans la voiture, et, dans mon dos, quelqu'un pousse un soupir d'exaspération.

À mon tour, je me redresse en prenant soin d'éviter d'écraser les pieds qui marchent sur les miens. Des corps me bousculent et se pressent contre mon épaule, manquant de me faire tomber, et je dois me rattraper au dossier d'un siège. En me penchant, mon regard plonge par-delà la vitre.

J'ai l'espoir de t'apercevoir sur le quai, mais tu restes invisible. Mon attention se porte à nouveau sur les visages qui m'entourent.

Un groupe d'étudiants de ma faculté, qui ont fait le trajet avec moi, me saluent. Je leur rends un sourire forcé tout en remontant la fermeture éclair de mon sac de sport, dans lequel j'ai entassé mes notes de cours, ainsi que des vêtements de rechange pour le week-end. Je le jette sur mon épaule et leur tourne le dos, les laissant poursuivre leur route à bord du convoi qui continue à tanguer. Puis je m'en vais rejoindre la queue de voyageurs qui s'agglutinent devant les portes.

Les unes après les autres, les voitures libèrent leur flot de passagers qui se dépêchent, comme s'il leur tardait d'échapper à la foule qu'ils alimentent de leur seule présence. Quand vient mon tour de sortir, je pose le pied sur le quai en prenant une profonde inspiration, ravie de sentir un léger vertige me gagner au moment où mes poumons se gonflent d'air frais. Une odeur singulière – que ceux qui n'ont jamais vécu dans ces contrées ne peuvent distinguer – titille mes narines. Rassurée, je me dis qu'ici, rien n'a changé depuis mon départ pour la capitale. Cela fait des semaines que je n'ai pas posé le pied dans ma ville natale. J'y retrouve les mêmes quartiers délabrés et les mêmes bâtiments mornes ; ces immeubles croulants qui entourent la gare et s'érigent vers le ciel, en quête d'une grandeur obsolète et perdue.

Les coups de sifflet du contrôleur me sortent de mes pensées. Les portes se referment dans mon dos, et, autour de moi, les hommes et les femmes se pressent pour rejoindre les escaliers qui mènent à l'extérieur. Ils descendent les marches d'un air grave, comme s'ils s'en allaient retrouver des jours sombres. Contrainte de leur emboîter le pas, je les suis sans broncher.

Tout en maintenant la cadence, je plonge la main dans la poche intérieure de mon manteau pour en extraire le téléphone portable que tu m'as offert à la rentrée. Après avoir recherché ton numéro, je colle l'appareil à mon oreille. Les yeux rivés sur mes pieds qui avancent avec la foule, j'attends dans l'espoir d'entendre résonner le son de ta voix à l'autre bout du fil. Tu ne décroches pas.

Impatients, les passagers me bousculent sans ménagement quand, arrivée au bas de l'escalier, je cesse d'avancer. Indifférents à mon infortune, certains me dépassent en maugréant des injures. Je les regarde se disperser et se perdre dans le chaos de la gare, les doigts toujours agrippés au téléphone. Je me rends compte que je t'ai sans doute manqué alors que tu devais te trouver quelque part sur le quai, à me guetter. Je me retourne, indécise, et je lève les yeux vers le haut de l'escalier que je viens de descendre.

C'est là que je t'aperçois. Tu me domines de toute ta hauteur. Une main agrippée à la rampe en fer, tu me contemples avec cette façon de m'aimer qui t'est propre. L'émotion s'empare de moi. Je pourrais courir à toi. Mais consciente que je ne suis pas seule, je m'efforce à la sérénité et à la lenteur. Contrairement à ce que tu crois, je ne suis plus une enfant. Et je dois me comporter de manière à te le prouver.

Devant moi, ton visage s'illumine et s'égaye à mesure que j'approche. Contagieuse, ta joie me gagne aussitôt. Je comprends à quel point tu m'as manqué.

– Comment se sont passées tes premières semaines à l'université ?

Avec un calme auquel je t'ai peu habitué, je prends le temps de finir de gravir les dernières marches avant de te répondre : les cours sont intéressants, oui. Je me suis fait des amis. Et tandis que je me penche vers toi pour déposer un baiser sur ta joue, je t'entends pousser un soupir de soulagement.

Entre tes doigts, tu tiens un sachet blanc estampillé du logo d'une boulangerie de renom. Tu tends le bras pour me le donner, et je plonge le nez à l'intérieur pour y découvrir des viennoiseries et autres pâtisseries – mes préférées. Touchée, j'ai une folle envie de te serrer contre mon cœur pour te remercier de l'affection que tu me portes. Comme toujours, la fierté m'en empêche. Je me contente de te faire part de ma gratitude à demi-mot.

Je t'emboîte le pas tandis que tu descends les escaliers pour rejoindre la sortie. Je glisse la main dans le sachet et en retire un éclair que je porte à mes lèvres, savourant sa crème et son goût à la vanille. La bouche pleine, je t'écoute me raconter tes journées passées sans moi tout en prenant soin de marcher au même rythme que toi. Tu as été accaparé par le travail à l'épicerie. Tu dois te rendre au marché pour t'approvisionner, décharger les produits, les étiqueter… et servir les clients, dont certains sont des habitués, déjà.

Pendant que tu parles, le soir tombe. En ce début d'automne, les températures ont baissé. J'ai oublié mon écharpe dans la chambre que je loue sur le campus, et tu esquisses un mouvement pour me donner celle que tu portes. Je t'arrête d'un geste de la main : nous vieillissons, toi et moi. Aujourd'hui, les rôles se sont inversés. C'est à mon tour de prendre soin de toi.

L'air songeur, tu gardes le silence, avant de changer de sujet de conversation, quelque peu mal à l'aise. Tu confesses ton soulagement à l'idée de savoir que je me plais à l'université.

– Tu as de la chance de pouvoir étudier. Beaucoup le souhaitent, mais les circonstances les en empêchent. N'oublie jamais ça.

J'acquiesce. L'éducation est un luxe qui t'a été inaccessible, je le sais. Obtenir mes diplômes m'apparaît dès lors comme un devoir, afin de prouver à la vie qu'une partie de toi – moi, en l'occurrence – a réalisé ton rêve le plus cher.

En fin de compte, c'est toi qui auras gagné.

J'engloutis le reste de l'éclair, mâchant avec appétit, tandis que tu me tends un Kleenex sorti de ta poche. Je le saisis et essuie mes doigts recouverts de crème pâtissière.

– Il faut toujours garder des mouchoirs sur soi. Tu ne sais jamais quand tu peux en avoir besoin…

J'esquisse un sourire amusé. Tu as raison, bien sûr. Une fois à la maison, j'en glisserai un paquet dans mon sac.

Nous traversons le pont qui surplombe le canal. Les réverbères projettent nos ombres sur le bitume. Les rues commencent à se vider. Quelques sans-abri sont étendus sur des bouts de carton sales, le corps dissimulé sous de vieilles couvertures usées. La misère, inscrite sur leur visage, me fend le cœur. Parfois, des chiens les accompagnent, couchés à leurs pieds, leur museau appuyé sur leurs pattes avant.

Nous poursuivons notre route en silence, et je glisse la main dans ta paume. Mes doigts enlacent les tiens, se raniment à leur contact. Comme toujours, à tes côtés, je redeviens celle que j'ai toujours été.

– Je suis fier de toi, murmures-tu.

Les mots qui viennent de s'échapper de tes lèvres tracent leur chemin jusqu'à moi. Ils me touchent et m'atteignent au plus profond de mon être ; ils laissent leur marque indélébile dans ma mémoire et réchauffent mon cœur. Et dans la pénombre des rues, toi et moi, nous marchons, main dans la main. Nos yeux sont tournés dans la même direction, et la communion évidente de nos âmes est la plus belle chose qui soit.

14

La nuit tombe sur la résidence, tandis que le campus est plongé dans une sérénité étrange, imposant son silence tout autour. D'ordinaire animées, les allées qui entourent le bâtiment – et que je peux apercevoir à travers la fenêtre – sont pour la plupart dépeuplées. Vues de là-haut, elles prennent un aspect sombre et inquiétant. Même les lampadaires peinent à les éclairer. Et je me sens soulagée à l'idée de me trouver à l'abri dans ma chambre.

On dirait que les étudiants se sont passé le mot : nul ne s'est aventuré à l'extérieur. D'ailleurs, je regrette les rires et les cris qu'il leur arrive de pousser, dans l'euphorie de certains soirs où je peux les entendre depuis mon bureau, pendant que je m'efforce de mémoriser mes cours. Aujourd'hui, le calme – une sorte de quiétude qui sied au moment – a eu raison d'eux, comme si tous compatissaient à mon malheur. Car je suis au plus mal. Et l'obscurité de la nuit intensifie le sentiment de solitude insupportable qui m'envahit, tandis que je m'abandonne à la douleur, recroquevillée sous les draps et la tête enfoncée dans l'oreiller.

Je suis brûlante de fièvre. Les sueurs froides ne quittent pas mon corps et les spasmes m'empêchent de dormir. Chaque fois que j'ouvre les yeux, le vertige me saisit ; ma vue se brouille. Tandis que je suis étendue sur le lit de l'unique pièce que je loue sur le campus, mon manque de toi se fait douloureusement sentir.

Tu es le seul à occuper mes pensées.

J'hésite à t'appeler, car je crains que la nouvelle ne t'inquiète. Mais la maladie m'empêche de réfléchir, et je cède à la pression du manque. Je tends le bras pour saisir le téléphone qui traîne sur la commode, à côté de mon lit.

– Je ne suis pas bien, non…

Tu retiens ta respiration, et je devine le choc que ces mots provoquent. Un bref silence suit, qui vaut toutes les paroles du monde. Enfin, ta voix, à l'autre bout du fil, retentit à nouveau. Elle est anxieuse, lorsque tu proposes de venir me chercher. Je tergiverse : c'est un long trajet, et la nuit est si noire et si hostile ! Au fond de moi, mon âme hurle mon désir de t'avoir auprès de moi.

Je m'en défends, bien sûr ; je voudrais pouvoir faire comme toi et placer ton bonheur au-dessus du mien. Je n'ai pas le temps de te faire entendre raison : tu as raccroché, et déjà te voilà sur la route qui mène à la capitale, tourmenté à la perspective de me savoir souffrante.

Les heures qui suivent paraissent durer une éternité. Les minutes se succèdent ; elles passent, réduisent la distance qui nous sépare l'un de l'autre. Je pose un regard inquiet sur la nuit au-dehors. Les chemins sont boisés, dans les environs. Certaines rues sont mal éclairées… Était-ce sage de t'inciter à parcourir le pays pour venir me chercher ? Car en t'appelant, je t'ai poussé à prendre la route pour me retrouver. J'ai beau me donner le beau rôle en me faisant du souci pour toi à présent, je ne peux rien y changer : à la seconde où j'ai pris le téléphone, il n'y avait plus de retour en arrière possible.

En vérité, je ne t'ai guère laissé le choix, non.

Je tire la couverture jusqu'à mon menton. Les poings ramenés de part et d'autre de mon visage blême, je demeure dans cette position sans bouger d'un centimètre. Mon regard se perd au-dessus de ma tête, tandis que je t'imagine au volant de la voiture lancée à toute vitesse sur les routes désertes. Les remords me gagnent d'autant plus, et je serre les mâchoires pour les empêcher de trembler. Les larmes me montent aux yeux, et la détresse s'empare de mon être.

Lorsque enfin, au bout de trop longues heures, j'entends résonner le claquement de tes talons dans le couloir de l'étage, bien plus encore que le soulagement, c'est l'allégresse qui m'envahit. Ragaillardie, je me redresse en prenant appui sur mes coudes. Mes joues s'empourprent, et je tourne la tête en direction de la porte dans l'attente de la voir s'ouvrir. J'ai l'impression de retrouver l'excitation de mes jours d'enfance, lorsque la date de mon anniversaire approchait et que je ne vivais plus que pour la découverte du cortège de cadeaux qui suivait.

Le bruit de tes pas se rapproche. Enfin, tu t'arrêtes sur le seuil de ma chambre. Un silence s'ensuit : je comprends que tu prends le temps de recouvrer tes esprits. Puis tu tires la poignée à toi. Sitôt entré dans mon univers, ton regard accroche le mien, et la lueur, qui d'ordinaire l'égaye, s'éteint. Le monde s'effondrerait que tes yeux ne pourraient devenir plus sombres !

Mon pauvre héros, dont le bonheur dépend du mien…

Nous n'échangeons aucun mot : en un coup d'œil sur ma mine pâle, tu as les réponses à tes questions. Tu t'empresses de me rejoindre. Une fois arrivé au pied de mon lit, tu te penches vers moi pour rejeter la couverture. À la force de tes bras, tu me soulèves et me portes hors de la chambre. Je ressens très vite les effets apaisants de la chaleur de ton corps contre le mien, tandis que tu parcours le chemin en sens inverse. Tu longes les couloirs et descends les marches qui mènent au parking, ma tête reposant sur ta poitrine. Les battements de ton cœur résonnent contre mon tympan ; tu es bien en vie, oui. Alors, je le suis aussi. Et drapée de la veste que tu as pris soin de poser sur mes épaules avant de quitter la chambre, je me retrouve, quelques minutes plus tard, étendue de tout mon long sur la banquette arrière de ta voiture stationnée aux portes de la résidence.

Peu à peu, je sens mes forces revenir. La fièvre est toujours là ; occupée à me dévorer, elle ne m'abandonne pas. Et mon corps, secoué de spasmes, continue à trembler. Mais ta présence a suffi à m'apaiser…

Et tandis que tu contournes le véhicule pour t'installer derrière le volant, comme souvent, je songe à la mort. En cette nuit étrangement sombre, dans l'éclosion de la tragédie mélodramatique qui se joue dans ma tête, la perspective de passer les derniers moments de ma vie auprès de toi me consolerait de l'angoisse de ma disparition.

Car cet amour dans ton regard est indiscutable ! Et je comprends le sens de ton sacrifice.

Moi aussi, je pourrais mourir pour toi ! Je le pense en toute objectivité.

Aujourd'hui encore…

Ce sont toutes les images de toi, à jamais présentes dans mon esprit, qui m'en persuadent. Il me suffit de clore les paupières pour qu'elles surgissent, intactes : tes yeux qui se remplissent de larmes à la vue des animaux errants ; les bonbons que tu offres aux enfants qui passent à l'épicerie, bafouillant une langue slave que tu ne comprends pas, et qui te rappellent toi, à leur âge ; les billets de banque que tu glisses entre les doigts sales des mendiants à la vie défaite et dissolue.

Ah ! ce regard qui s'attriste chaque fois qu'il s'attarde sur le malheur des autres ! Même la mort ne parviendrait pas à m'en arracher. Au reste, je pense que si le paradis existe, tu y auras ta place. Et l'univers tout entier complotera pour que nous nous retrouvions là-bas, le jour où il faudra nous en aller toi et moi.

C'est une certitude, oui ; mon unique motivation. Après tout, tu es mon âme sœur, n'est-ce pas ?

Comment pourrait-il en être autrement ?

15

– Hospitalisé… Comment ça ?

Ma sœur a parlé, la voix hésitante et les lèvres tremblantes. Bien que rivés sur moi, ses yeux semblent ne plus me voir. Ses pensées sont ailleurs, elles sont à des milliers de kilomètres de ce pays où nous passons nos vacances, et qui soudain ne nous paraît plus aussi gai et hors du temps.

– Ils ont trouvé un donneur…

Je la regarde, muette, tandis qu'elle répète les informations que ma mère lui donne. Dans la pénombre de la cabine où nous sommes parvenues à nous immiscer elle et moi, ses yeux marron, aux mêmes reflets verts que les tiens, sont inondés de larmes. Elle les balaie d'un revers de la main, alors qu'elles roulent le long de ses joues pâles.

– Quand ça ?

Mon aînée a beau vouloir se montrer forte tandis qu'elle écoute les nouvelles à l'autre bout du fil, elle peine à contenir ses émotions. Elle renifle, passe une main tremblante sur sa figure. Son regard, hagard, continue à se perdre sur les traits de mon visage. Perplexe, je serre les poings, décidée à faire preuve de courage face à sa peine. En dépit de la douleur qui enserre mon cœur et me donne la nausée, mon regard demeure sec.

Je me dis que c'est mieux comme ça.

– Est-ce que l'opération s'est bien passée ?

De l'index, elle écarte la mèche de cheveux qui lui barre la vue. Le combiné du téléphone est d'une couleur aussi noire que les idées qu'elle rumine. En dépit du tourment qui l'assaille, elle rayonne. Sa beauté est de celles que le malheur n'abîme pas.

Elle est à l'opposé de ce que je suis, moi.

– Il vient de se réveiller.

Des images prennent alors mon cerveau d'assaut. Je t'imagine, sur ton lit d'hôpital, abattu par les émotions et dévasté à l'idée de ne pas m'avoir à tes côtés pour te soutenir quand tu en as besoin. La culpabilité me ronge : pourquoi ai-je choisi ce moment pour m'éloigner de toi ? Je peste contre le coup du sort ! À quelques jours près, je me trouverais encore auprès de toi…

À quoi ça tient, en fin de compte ?

– Il faut rentrer…

Je me dis que le souvenir de ton père, enterré depuis tant d'années dans ton village natal, a dû te hanter, alors que les médecins posaient le masque d'anesthésie sur ta figure et que les premiers signes de l'inconscience te gagnaient. Lui a souffert de la même maladie, sans avoir bénéficié des soins que l'on te prodigue. Et pendant que tu attendais, dans le bloc opératoire, de perdre connaissance, le regard sans doute accroché par les néons blancs suspendus au-dessus de ta tête, tu as compris l'ironie de vos vies, si identiques et si distinctes à la fois. Les liens qui vous unissent restent inébranlables, aujourd'hui encore.

Un peu comme ceux qui nous attachent l'un à l'autre.

– Moi, je veux rentrer !

Je ne sais pas si les dernières paroles de ma sœur me sont destinées ou si elle s'adresse à ma mère, au téléphone. Elle soupire, baisse les cils qu'elle a longs et recourbés. Elle aussi a honte de ne pas être présente auprès de toi. Avant même que je réagisse, elle éclate en sanglots tout en agrippant ma main, comme si je pouvais atténuer son chagrin.

Sa souffrance me procure des forces que je croyais perdues. Je n'ai pas la patience de m'occuper d'elle ou de procéder avec douceur, ce n'est pas dans mon tempérament. D'un geste, je lui arrache le téléphone de la main. Soulagée de constater que je suis toujours maîtresse de moi-même, je la pousse hors de la cabine et m'adosse à la vitre. Mes jambes tremblent, et j'éprouve toutes les peines du monde à tenir debout. Cependant, en adoptant une respiration lente, je parviens à dompter ma peur et à calmer mon cœur qui cogne dans ma poitrine.

Je tends l'oreille. La voix familière de ma mère, qui provient du combiné, continue à discourir, indifférente au changement d'interlocutrice qui vient de s'opérer. La nuit noire est égayée par le halo lumineux de la lune. Les étoiles resplendissent, là-haut, dans le ciel. Mes yeux sont rivés sur elles. Les astres me donnent le courage d'entendre ce que ma mère a à m'apprendre. Je garde le silence, tandis qu'elle me narre les événements de ces dernières heures : un appel reçu, tard dans la soirée ; une course contre la montre. Un concours de circonstances, en somme : un donneur qui arrive au bon moment…

Je clos les paupières. Ma mère ne cesse de parler. Sa voix se déverse dans mon oreille, et je mets du temps à accepter le sentiment de joie qui aurait dû être le mien dès l'annonce de la nouvelle. L'espoir, que je croyais perdu, rejaillit en moi et inonde mon âme. Tu avais dit : plutôt mourir que continuer à mener cette vie. La contrainte des visites à la clinique ; les aiguilles qui s'enfoncent sous la peau ; les heures à attendre que ça se termine, pour ensuite répéter une procédure en tout point identique à celle qui l'a précédée…

Je me sens soulagée. Ce pan de ton histoire est révolu. À présent, tu vas à nouveau pouvoir goûter à l'autonomie ; tu redeviendras celui que tu étais, avant que la maladie te rattrape. L'idée même m'arrache un sourire, je suis si impatiente de te retrouver ! Et, pendue au combiné de téléphone, à l'intérieur de cette cabine perdue quelque part dans ce vaste monde, sous les néons des rues qui nous entourent et de ces enseignes écrites dans une calligraphie que je ne peux déchiffrer, je revois tout ce passé d'un cœur léger.

Le futur, sans limites, s'offre à toi ! Il est à nous. Il est comme nous ! Prometteur et attrayant. J'ai hâte que tu puisses le saisir pour vivre à nouveau pleinement. Crois-moi : c'est là une seconde chance qui t'est accordée et dont tu dois tirer parti !

Après tout – et tu en as conscience, oui –, il n'est pas donné à tout le monde de renaître.

III

1

Je m'arrête devant la porte d'embarquement de l'aéroport. Autour de moi, les voyageurs s'empressent de poursuivre leur chemin pour gagner les portiques de sécurité. Certains me frôlent, tandis qu'ils passent à mes côtés en coup de vent. Ils ont l'oreille collée à leur téléphone portable ou le nez rivé sur leurs souliers. Déjà leurs pensées sont perdues dans ces contrées qu'ils s'en vont rejoindre pour des raisons qui leur appartiennent.

– Pardon, maugrée l'un d'eux d'une voix grave, alors qu'il me bouscule sans prendre la peine de se retourner.

Il avance comme si rien ne pouvait le retenir, ici. Je le regarde s'éloigner. À l'intérieur de ma poitrine, mon cœur cogne de plus en plus fort à mesure que je prends conscience de mon départ. Dans ma main, mon passeport semble peser lourd. Entre ses pages, j'ai pris soin d'insérer mon billet d'avion afin de ne pas l'égarer.

Je laisse retomber le bras le long de mon corps, tentant de réprimer les tremblements de peur qui me gagnent. Il est trop tard pour faire marche arrière. Pourtant, je ne suis plus aussi certaine de vouloir partir m'installer à l'étranger pour y travailler. Cette idée me paraît soudain saugrenue.

– Couvre-toi bien dans l'avion ou tu risques de prendre froid, me souffle la voix de ma mère, dans mon dos.

Sa gorge est nouée ; les mots ont du mal à jaillir hors de sa bouche. Je devine sa tristesse sans la voir, et mon cœur se serre davantage. En proie à l'angoisse, je ferme les paupières quelques secondes et prends une profonde inspiration afin de me calmer. Lorsque je rouvre les yeux, j'ai l'impression que ma nervosité n'a fait que s'accroître.

– Appelle-moi dès que tu atterris. Je garderai mon téléphone allumé auprès de moi, cette nuit…

À nouveau, c'est ma mère qui a parlé. Tu te trouves auprès d'elle. Pourquoi ne dis-tu rien ? Il me semble que tu as fini par disparaître ou que mon départ ne te trouble pas, au fond.

Prise d'un doute, je claque les talons sur le sol et pivote sur moi-même pour te faire face. Sur mon visage, mon sourire est figé. Je me dis qu'il ne doit tromper personne. Tes yeux remplis de larmes paraissent ne pas comprendre la supercherie.

– Je reviendrai vous voir l'été prochain. Ce n'est qu'une question de quelques mois, tout au plus…

Je ne reconnais pas ma voix. Elle est légère, à l'opposé de la peine qui s'est accumulée en moi et me pèse. Je voudrais ouvrir la bouche à nouveau ; je souhaiterais te rappeler que c'est toi qui m'as poussée à concrétiser ces rêves de grandeur. Tu l'as désiré plus que tout ! L'air blême qui t'a gagné me décourage de te le reprocher, au risque de te porter un coup fatal. Cet instant, tu l'as fantasmé ta vie entière ! C'est l'objectif après lequel tu n'as eu de cesse de courir. Il n'y a rien que je puisse dire que tu ne saches déjà.

C'est toi qui as voulu que je m'en aille pour bâtir les prémices de ma carrière sur des terres plus engageantes, selon toi ; tu as souhaité que je fasse partie de l'élite qui forge son succès au-dessus de celui des autres. Dès lors, demeurer auprès de toi n'est plus une option : il me faut parcourir ces milliers de kilomètres pour satisfaire les ambitions que tu as choisies pour moi.

Au fond, le malheur que mon départ t'impose, tu te l'es infligé.

Tu es le seul à blâmer.

– Laisse-moi t'embrasser, me prie ma mère, tout en esquissant un pas en ma direction.

Elle m'enlace et m'étreint avec vigueur, comme si je pouvais la repousser en de telles circonstances. Je m'abandonne à son amour, suppliant le ciel pour conserver en moi les forces qu'il me reste et pour ne pas flancher. J'ai la peur chevillée au corps. Face à moi, tu n'as toujours pas bougé, toi. Les larmes ont fini par couler. Je les fixe tandis qu'elles roulent le long de tes joues, où je peux voir s'inscrire les premiers signes de la vieillesse. Lorsque ma mère s'écarte, le poing pressé contre ses lèvres, toi et moi, nous nous observons une dernière fois.

Enfin, tu ouvres la bouche pour parler. Mais aucun son n'en sort. Abasourdi par la concrétisation de ton fantasme le plus cher, tu es devenu muet. Tel un automate, je m'avance vers toi pour te faire mes adieux. Tu tentes de te montrer enjoué, sans doute pour me faire croire que mon départ te comble de bonheur. Et par mimétisme, je souris à mon tour, adoptant un même stratagème pour dissimuler mon chagrin.

Tu n'écartes pas les bras lorsque je glisse les miens autour de toi. On dirait qu'outre l'usage de la parole, tu as perdu celui de tes membres, qui demeurent collés contre ton torse ; ton corps est immobile. Je te serre contre moi, comme si c'était mon rôle de te choyer. Bien sûr, je ne t'en veux pas pour le fardeau que tu ajoutes sur ma conscience. Simplement je m'écarte, te contemplant avec avidité dans l'espoir d'entendre résonner le son de ta voix par-dessus le brouhaha général qui règne à l'intérieur de l'aéroport. Tu ne dis toujours rien. Tu me laisses m'éloigner sans un seul mot de réconfort, m'abandonnant au sort que tu as décidé pour moi.

J'ai l'impression d'avancer au ralenti, tandis que je me mêle au flot des voyageurs qui jaillissent de toutes parts autour de moi. Tes reniflements résonnent dans ma tête, longtemps après qu'ils se sont perdus dans le bruit de la foule. Je me dis qu'ils accompagneront mon départ, dans les minutes à venir. Je ne suis pas certaine que cette idée m'enchante.

Les larmes se déversent sur ma figure pâle. Je prends soin de ne pas m'empresser de les essuyer. Je suis consciente de ton regard rivé sur moi. Je ne veux pas que tu puisses deviner mon état. Cela ne ferait qu'aggraver le tien… Je souhaite te donner l'impression de pouvoir tenir debout afin de te permettre d'en faire autant.

Je tends mon billet à l'agent de sécurité qui est posté devant la porte d'embarquement. Il me laisse filer sans s'étonner de mon chagrin. L'homme s'est habitué aux figures misérables qu'il voit défiler par centaines, dans cet aéroport où résonne en continu l'écho des adieux. Comment pourrait-il saisir la singularité de mon malheur ?

Je déglutis avec peine, les jambes flageolantes. Je n'ai plus qu'un pas à esquisser pour disparaître de ta vue. L'air vient à me manquer. Répondant à l'appel de survie qui me gagne, je me retourne une dernière fois pour garder en mémoire ton image, qui me permettra de tenir des mois sans toi. Et quand je t'aperçois en pleurs, le visage recouvert de tes mains et le corps tremblotant dans les bras de ma mère, je me sens défaillir à mon tour.

D'un geste, je franchis la porte pour rejoindre les portiques de sécurité, les larmes ruisselant le long de mes joues. Je m'empresse de me retrancher dans cet espace, à l'abri de ton regard ; là où s'accumulent les voyageurs pressés de faire valider leurs papiers pour s'en aller loin d'ici et où, toi, tu ne pourras pas être le témoin de ma déchéance.

2

De passage au pays, je finis de dîner avec toi à la terrasse d'un restaurant local. L'établissement, tranquille en cette saison, fait face au vieux port, où quelques yachts sont amarrés. De là où je suis, je peux voir les navires de luxe se balancer au gré des vents légers, tandis que la brise souffle, caresse mon visage en apportant l'odeur familière de la mer. La nuit est chaude et lourde. Elle a tôt fait de m'envelopper de son aura. Je lève le nez au ciel pour la contempler. Mon regard erre sur la voûte obscure qui me domine et donne le vertige. Fascinée, je plonge dans la myriade d'étoiles qui étincellent et scintillent dans le noir, au-dessus de ma tête.

Quelques touristes occupent les terrasses alignées sur la plage. Tout en profitant des mets épicés et colorés posés sur les tables autour desquelles ils se sont rassemblés, ils se perdent dans des conversations enjouées, exhibant avec fierté les traces de leur bronzage. De là où je me trouve, je les entends raconter leurs journées passées à rôtir au bord de l'eau, et partager les anecdotes de quelques excursions avec des adolescents qui les écoutent à peine, absorbés qu'ils sont par l'écran de leur téléphone portable, comme si leur vie en dépendait.

Assis en face de moi, la mine ragaillardie par ton retour sur ta terre natale, tu termines ton plat de feuilles de vigne farcies en adoptant ce rythme lent qui te caractérise. De tes doigts tremblants, tu trempes un morceau de pain dans le fond de ton assiette. Après l'avoir imbibé de sauce, tu l'engloutis en prenant soin de te pencher pardessus la table pour éviter de tacher ta chemise blanche fraîchement repassée. Pendant quelques secondes, tu mastiques en silence, et je me plais à te regarder en train de manger. Tu saisis ta serviette pour t'essuyer les commissures des lèvres. Puis tu détournes la tête et te perds dans la contemplation d'un groupe de musiciens qui jouent un peu plus loin, dans une rue. Ils grattent sur leur luth à long manche tout en chantant de vieilles chansons populaires que je reconnais pour te les avoir entendu fredonner, quand j'étais enfant. Il me semble d'ailleurs que, par moments, tes lèvres remuent.

– Deux thés, s'il vous plaît, commandes-tu dans la langue locale, quand un serveur approche pour débarrasser nos assiettes vides.

Les boissons sont posées sur la table. Aussitôt, nous les levons, comme si une course contre la montre venait de s'enclencher et qu'il fallait terminer le breuvage avant qu'il tiédisse. Le pouce et l'index recroquevillés autour de mon verre, j'aspire une longue gorgée, et je sens le liquide m'ébouillanter la bouche et engourdir mes papilles. Il descend dans mon œsophage en me brûlant le gosier. Je plisse les yeux afin de mieux le goûter, passant les dents sur la surface de ma langue pour ranimer les sensations perdues.

Tout en promenant le regard autour de moi, je savoure cette ambiance si particulière. Plus que jamais, je suis en phase avec moi-même. Mon âme se nourrit de l'atmosphère qui m'entoure et que je ne retrouve nulle part ailleurs. J'ai beau être étrangère à cette terre qui est la tienne – et qui paraît vouloir rejeter mes tentatives pour me rapprocher d'elle –, chaque fois que je pose le pied sur son sol, je comprends l'importance des origines.

Il faut savoir d'où l'on vient pour ne pas se perdre sur la route qui mène à nos rêves.

– Est-ce que ton travail te plaît ? demandes-tu alors en brisant le silence qui s'est installé entre nous, le regard toujours tourné vers les musiciens.

– Oui, dis-je, sortant de mes pensées.

– J'espère qu'ils te traitent bien et se montrent gentils avec toi.

J'acquiesce en observant à mon tour le groupe de jeunes gens, dans la rue. Leur musique fait ressurgir en moi des souvenirs de nos voyages d'antan. Je revois nos corps confinés à l'intérieur de ta voiture d'occasion, parcourant les routes d'Europe. Les paysages se succèdent ; les chansons passent en boucle depuis l'autoradio où défile la cassette empruntée à l'une de tes connaissances. Toi, tu es installé sur le siège avant. Tes mains sont posées sur le volant. Et je suis assise sur la banquette arrière, les yeux rivés sur le rétroviseur central dans l'espoir d'y croiser les tiens.

Je me dis que cette image, ancrée dans ma mémoire, résume le lien qui nous unit.

– Tu repars cette semaine, n'est-ce pas ?

– Après-demain.

– Ah ! Déjà…

Tu te forces à te montrer conciliant et tu souris, bien que tu paraisses ennuyé. L'angoisse d'avoir pu te causer du chagrin s'empare de moi. Je scrute ta figure, à l'affût du moindre signe qui confirmerait mes craintes. Comme à l'accoutumée, tu te retiens de me faire part de ton amertume et de ta tristesse. Et l'air de rien, tu portes le verre à tes lèvres, en prenant le temps de le terminer avant de le reposer sur sa soucoupe blanche, parsemée de taches rouges. Je m'interroge, alors : vas-tu replonger dans le silence, pour de bon cette fois ? Tu n'en fais rien. De ton air le plus naturel, tu demandes si je compte repasser te voir, cette année – ici ou ailleurs.

– Sans doute en décembre, pour les fêtes.

Ta figure s'illumine, remplissant mon cœur de joie.

– Ce serait bien.

Avec une attention nouvelle, je te dévisage tandis que tu fais signe au garçon d'approcher pour te resservir. Je refuse d'un mouvement de la tête quand ce dernier s'avance vers moi, les théières à la main. Je tente alors de percer les pensées qui se pressent dans ton esprit. Tu ne veux pas me les communiquer, comme si tu craignais qu'elles me blessent. Et je ne sais si je dois t'en vouloir ou t'être reconnaissante pour la peine que tu prends à me les épargner.

– Tu pourrais venir, toi…

J'ai parlé sans cesser de te fixer, afin de pouvoir observer ta réaction. Tes yeux, teintés de reflets verts, errent au loin, par-delà mon épaule.

Je garde le silence pour t'encourager à le briser, et je note qu'une légère hésitation assombrit ton regard tandis que tu pèses le pour et le contre.

Tu fais remarquer qu'il fait trop chaud, là où j'habite.

– En hiver, le climat est plus tempéré.

– Oui, c'est une idée, lances-tu, capitulant sous le poids de mon obstination.

– J'aimerais te montrer l'endroit où je vis.

– Il faudrait que j'obtienne un visa…

– Une demande de naturalisation suffirait. Un passeport européen te faciliterait la vie, qui plus est. Surtout si tu comptes voyager…

– Pour aller où ? m'interromps-tu en portant les yeux sur moi.

Tu ris, sans doute gêné de ma confusion. Puis tu reportes le regard sur la scène qui se joue dans mon dos. Ton rire a laissé entrevoir tes dents qui, en dépit du poids des années, sont restées impeccables. Je suis pétrie d'orgueil en constatant que tu es toujours l'homme charismatique de mes souvenirs d'enfance.

– Ce pays me suffit, ajoutes-tu, pour excuser ton emportement.

Tu complètes ta remarque par un geste vague de la main qui semble vouloir englober ce qui nous entoure.

J'acquiesce en souriant afin de ne pas te froisser. J'éprouve toutes les peines du monde à suivre ton raisonnement. Je désespère de te faire découvrir mon quotidien. L'occasion de te rendre fier de moi est trop belle pour que je la laisse échapper.

– Je pourrais organiser ton voyage.

– On verra, laisses-tu échapper dans un souffle, le regard tourné vers l'arrière.

Intriguée, je me retourne : un couple occupe une table, non loin de nous. Un homme, dans la soixantaine, est assis en face d'une jeune femme. Il a posé ses doigts sur sa main délicate et ne cesse de la caresser. Son geste ne permet aucun doute sur ses intentions. Pour moi, tous deux offrent là un spectacle devenu courant avec le temps. Il ne l'est pas pour toi.

Ta voix résonne avec amertume dans mon dos :

– Elle a ton âge, non ?

Non. Elle a à peine une vingtaine d'années, elle. Si je répondais, ta colère n'en serait pas atténuée pour autant.

Je me retourne et accroche ton regard : je t'ai rarement vu aussi scandalisé. On dirait que tes craintes les plus profondes viennent à l'instant de se matérialiser.

Tu ouvres la bouche, comme pour justifier ta consternation. Tu ne parviens à articuler aucun son et tu la refermes aussitôt. Ton regard perçant se porte toujours sur l'homme que tu condamnes. Prudente, je garde le silence. Je refuse de me prononcer : il y a autant de chances qu'elle profite de lui que lui d'elle. Je ne pourrais te l'expliquer, toutefois.

Tu détournes enfin la tête et tu lèves ton verre pour le vider d'un trait. Tes lèvres tremblent, et je lis dans tes pensées : tu te demandes si, moi aussi, j'aurais tenu compagnie à cet homme si tu n'avais pas autant travaillé pour me l'éviter. Tu te représentes un tableau où, dînant à la table d'un restaurant huppé, des doigts ridés caresseraient les miens d'un air malsain. Et je me rends compte que tout te ramène à moi : les êtres que tu croises, les situations dans lesquelles tu te trouves, les idées qui t'assaillent. En fait, tu m'aimes tant que chaque moment de ta vie te ramène vers moi. Même lorsque je ne suis pas à tes côtés, je le suis par la pensée.

C'est fou, quand on y songe !

Tu crains de ne pas en faire assez pour t'assurer que toutes les chances de succès sont de mon côté. Tu as peur qu'en relâchant ton attention – ne serait-ce qu'un instant – ou en levant le pied, tu sois responsable de ma déchéance.

Tu n'as pas à t'inquiéter, pourtant. C'est toi qui l'as dit, rappelle-toi. Tu n'as eu de cesse de le répéter toutes ces années : il faut étudier, travailler dur. Et j'ai obéi ! À présent, regarde-moi : je ne dois rien à personne.

Ah ! Si tu n'avais pas existé, je t'aurais imaginé, dans mes fantasmes les plus fous, exactement tel que tu es.

Tu me crois, n'est-ce pas ?

3

– J'aimerais aller à Cuba. Visiter le pays, voir le mausolée de Che Guevara…

Tu dis cela, la voix à demi étouffée par celle de la présentatrice vedette de la chaîne qui annonce les nouvelles du jour. Je lève le nez de la page du livre que je suis en train de lire et je te dévisage. Tes pieds dans ces pantoufles brunes que tu portes depuis tant d'années, tes doigts posés sur les accoudoirs du fauteuil dans lequel tu aimes t'asseoir pour regarder le journal télévisé. Ton corps est crispé, comme si tu redoutais que l'on tente de t'en déloger de force. Je remarque qu'avec l'âge, ta silhouette s'est émaciée. Tes jambes décharnées s'entortillent, donnent l'impression de craindre d'être séparées. Ta chevelure – autrefois épaisse et rebelle – a laissé la place à une poignée de mèches grises qui semblent avoir cessé de pousser. Ta barbe, elle, reste taillée à la perfection, bien qu'elle ait blanchi. Je ne peux m'empêcher de me remémorer toutes ces fois où les poils drus venaient me chatouiller les joues sous tes baisers. Je voudrais fermer les paupières et me laisser emporter par les images qui défilent dans ma tête, mais ton goût pour les voyages me rend perplexe. Si tu n'as jamais caché ton admiration pour le révolutionnaire, ton envie de découvrir ses contrées me paraît nouvelle, à moi. Et l'idée de n'en avoir rien su jusqu'ici me vexe.

Calmement, en tentant de contenir mon étonnement, je te fais remarquer que tu pourrais y aller. À présent que tu ne travailles plus, tu as du temps devant toi…

– Oui, mais il y a vous toutes, murmures-tu, le regard perdu dans le vague.

Ton explication fait mouche ; aussitôt, mes reproches s'envolent en fumée. Comment t'en tenir rigueur, après tout ? Tu as travaillé dur pour que nous n'ayons pas à le faire ; tu as dédié ta vie à nous offrir une existence semblable à celle de ces autres qui n'ont manqué de rien. Tu n'as eu de cesse de placer le bonheur de ta famille au-dessus du tien. Aujourd'hui encore, tu t'entêtes sur cette voie ; tu portes toujours le poids du fardeau, fait de devoirs et d'obligations, qui s'est posé sur tes épaules il y a des années.

Je souhaiterais comprendre les raisons qui te poussent à ne pas profiter du temps qui passe pour réaliser tes rêves : qu'est-ce qui te retient, à présent ? Pourquoi t'imposer ces contraintes ?

À toujours réfléchir, comme toi, comment parvient-on à s'épanouir ?

– Tu te tracasses trop. Regarde-nous : nous nous en sortons bien, sans toi.

Les mots ont jailli spontanément de ma bouche, sans que je les contrôle. Bien sûr, je regrette mes paroles dès qu'elles ont été prononcées. Mais le mal est fait. Je peux presque le voir s'enraciner dans un coin de ton cerveau.

Je pince les lèvres, honteuse à l'idée d'être devenue le bourreau de mon père. Mes yeux se posent sur l'écran de la télévision : un groupe de migrants racontent leur périple pour rejoindre l'Europe, terre de toutes les promesses. Ils se pressent devant l'objectif, soucieux de faire porter leurs voix, dans l'espoir d'être sauvés de leur calvaire. Les regards sont déterminés : perçants, ils happent celui qui regarde l'écran. Les visages sales et épuisés crient leur soif d'en terminer avec la souffrance et le tourment. Malgré la compassion qu'ils suscitent, ils gardent l'air digne de ceux que la vie a roués de coups sans parvenir à les mettre à terre. Et je fais mine de m'y intéresser, bien que je ne parvienne pas à me concentrer sur leurs témoignages. Leurs mots et leurs maux glissent sur moi.

Plus la séquence s'éternise, plus il me paraît urgent de recentrer mon attention sur toi. Je voudrais que tu répondes et argumentes pour me prouver que j'ai tort de penser que tu ne nous es plus utile. Mais tu conserves un triste silence qui semble confirmer mes dires et envahit la pièce en aggravant mon mal-être.

Dans un claquement sec, je referme le roman de Harper Lee et le pose sur la table basse. La photographie de la fillette qui illustre la couverture semble m'accabler de reproches à ta place. Pour échapper à la punition qu'elle m'inflige, je décide de mettre de la distance entre nous.

Je me lève et me dirige vers la cuisine d'un pas traînant. Comme d'habitude, tout y est rangé à la perfection. Au robinet, je me fais couler un verre d'eau que je bois d'un trait. Elle est glacée. Je la sens qui dévale le long de ma gorge en m'emplissant d'un plaisir intense et bienvenu.

Des enfants font une partie de football, dans la rue. Je m'avance vers la fenêtre et j'écarte les rideaux pour les observer. Je souris à la vue des boîtes de conserve vides qu'ils ont entassées sur le trottoir pour délimiter la cage de l'unique gardien. Leur jeu me fait songer aux miens, à leur âge. Les joueurs slaloment entre les voitures stationnées, ballon au pied, pour venir ajuster leurs tirs face au but sans s'inquiéter de voir la balle atterrir sur les vitres des maisons alentour. L'un d'eux – plus petit et plus jeune – est ignoré par ses camarades. Il tente tant bien que mal d'attirer leur attention et d'entrer dans la compétition. Mais il est condamné au rôle de spectateur et les autres continuent à se faire des passes sans se soucier de lui.

Mal à l'aise en regardant la scène que m'offrent ces gamins, je me détourne de leur jeu pour revenir auprès de toi, non sans m'être à nouveau arrêtée pour remplir mon verre. Ton attention se porte sur le poste de télévision où commence une émission musicale. Tu fais mine de ne pas remarquer ma présence, tout en saisissant la télécommande pour augmenter le volume. Je reste debout, dans l'embrasure de la porte de la cuisine, à te contempler sans me résoudre à parler.

Je le sais : tu es blessé. Je le devine à ta façon de feindre un intérêt quelconque pour cette émission que tu ne regarderais pas en d'autres circonstances. Je le vois aussi à ta manière de conserver un silence fier et digne, qui t'est propre, et je m'en veux de ne pas trouver les mots pour me justifier. J'avoue que j'ai toujours éprouvé des difficultés à me défendre ou à excuser mes maladresses. En dépit de la situation oppressante dans laquelle nous sommes, je ne parviens pas à me défaire de ce poids.

La mélodie, que je ne reconnais pas, provoque en moi un flot de mélancolie nouvelle. J'aimerais redevenir une enfant. Tout serait si simple, alors ! Je pourrais me jeter dans tes bras et te confier à quel point tu es – et resteras – indispensable à ma vie. Affectueuse, je cacherais mon visage dans ton cou en susurrant des paroles tendres à ton oreille pour gagner ton pardon ; audacieuse, je te promettrais un comportement irréprochable pour excuser ma conduite ; malicieuse, je provoquerais tes éclats de rire et remplirais ton âme de joie, heureuse de pouvoir t'admirer tandis que, la tête rejetée en arrière, tu te laisserais submerger par le bonheur.

C'est plus fort que moi : ma taille et mon âge freinent l'expression de mes sentiments à ton égard. Et, furieuse de l'incapacité où je suis d'exprimer ce que je ressens, je reviens m'asseoir sur le canapé, le corps crispé, sans prononcer le moindre mot pour réduire la distance qui se creuse et nous sépare l'un de l'autre.

Le silence s'installe. Je bois une gorgée d'eau, feignant à mon tour un intérêt certain pour cette émission. Mes pensées sont ailleurs. En fait, je t'imagine à Cuba. Tu observes la statue du Che sur son mausolée, alors que je suis debout à tes côtés. Et le temps de quelques secondes, cette image chasse ma nostalgie. Je tourne la tête vers toi : tes lèvres esquissent un sourire triste.

Je m'en veux de ne jamais t'avoir remercié pour ton sacrifice. Je te dois tout ce que je possède ! Dès lors, pourquoi m'est-il si difficile d'exprimer ma reconnaissance et ma gratitude à ton égard ? Comment réussit-on à dominer sa fierté quand elle est mal placée ? Y es-tu jamais parvenu, toi ?

Comment en suis-je arrivée à te ressembler autant ?

Les minutes passent ; les chansons s'enchaînent et couvrent le bruit des aiguilles de l'horloge pendue au mur. Je me raccroche à la scène qui se joue dans mon imaginaire pour ne pas sombrer sous le poids des remords. Je souhaiterais entamer la discussion avec toi pour en apprendre davantage sur tes rêves. Je voudrais que tu me parles de ces désirs enfouis au plus profond de toi, qui se sont amassés dans ta tête toutes ces années et que tu refuses de partager… Je dois accepter l'évidence : jusqu'à ce jour, j'ignorais tes aspirations à visiter le pays du Che. Jamais tu n'avais parlé de ces endroits où tu aimerais te rendre !

Pas avec moi…

Tu as toujours pris soin de préserver tes pensées et tes espoirs, comme si les révéler pouvait les altérer. Et l'amertume me gagne. Je ne parviens pas à desserrer les dents. Ce n'est pas seulement le fait que tu me caches des choses qui me chagrine. Cela, je pourrais encore l'accepter – oui. Ce qui me désole, en revanche, c'est la vulnérabilité dont tu fais preuve ; toutes tes tentatives vaines pour conserver en toi une part d'ombre et de secrets. Car – et tu l'ignores sans doute – ton corps trahit ton histoire ; de tes pores s'échappe chacune des émotions qui ébranlent ton cœur. À chaque soupir poussé, à chacune de tes sautes d'humeur, c'est la partie immergée de ton âme qui ressurgit : celle-là même qui cherche à préserver ta pudeur et à cacher ta candeur.

Ah ! Comme il est douloureux d'être le témoin de ta fragilité !

– J'aimerais aller à Cuba, répètes-tu d'un ton faible.

– Je viendrai avec toi…

J'ai chuchoté. Et en dépit de la mélodie qui continue à résonner à nos oreilles, je sais que ma voix a porté jusqu'à toi. Il serait inutile d'ajouter quoi que ce soit : le serment est ainsi scellé, sans que j'attende une quelconque réponse de ta part.

C'est une promesse que je nous fais là, et que je respecterai.

4

La lumière du jour, qui s'invite dans ton monde, baigne ta demeure d'une douce et apaisante chaleur. Elle ragaillardit mes sens, cherche à me faire oublier ce que la jungle urbaine, à laquelle je suis habituée, a de funeste. Je me dis que je pourrais en perdre le souvenir, si une voix dans ma tête ne cessait de vouloir me rappeler que je la retrouverai, au terme de ce séjour. Bien sûr, à choisir, j'aimerais mieux demeurer chez toi : ici, tout est paisible et harmonieux. L'air embaume la rose et le lilas, ainsi que le linge propre et fraîchement lavé qui pend sur l'étendoir placé dans un coin de ta terrasse.

Mes pensées sont chaotiques. Dans la ferveur parfumée de ton jardin en fleurs, je voudrais me laisser gagner par la paresse. La vie elle-même semble m'inviter à une procrastination dont je n'aurais pas à rougir. Étendue sur une chaise longue, un verre d'eau à la main, je contemple avec satisfaction la lueur que projettent les rayons du soleil sur le liquide cristallin.

– Dirais-tu qu'il est à moitié vide ou à moitié plein ?

J'ai parlé en soulevant le verre pour que tu puisses le distinguer par-delà la table qui nous sépare. Mes doigts l'enserrent comme s'ils craignaient qu'il ne leur échappe. Je peux voir leurs extrémités blanchir sous la pression, tandis que de petites taches claires se dessinent sous mes ongles coupés ras.

Le visage illuminé, tu portes les yeux sur moi. Tu parais sortir d'un état léthargique dans lequel tu te serais plu à rester des années. Tu ouvres la bouche pour répondre, mais en fin de compte tu te ravises, comme si tes pensées pesaient lourd et ne valaient pas la peine d'être partagées. Tu détournes la tête pour replonger dans la contemplation des quelques chats qui reposent sur l'herbe, leurs corps sveltes en quête de fraîcheur, paressant à l'ombre des buissons.

Les félins ne te quittent pas. Ils ont élu domicile dans ton jardin, car ils y ont déniché ce qu'ils n'ont pas trouvé ailleurs : une main secourable et un cœur prêt à aimer. L'un d'entre eux finit même par sortir de sa somnolence. Après avoir pris le temps de s'étirer, il se dirige vers toi sans se presser, en prenant soin de lever haut ses courtes pattes. Je le vois qui se rapproche, écrasant la pelouse avec une élégance qui ravirait le meilleur des danseurs étoiles. Arrivé à ta hauteur, il se frotte à ta jambe pour réclamer une caresse. Et tu obéis en te penchant en avant, ta main faisant des va-et-vient sur son pelage gris. Lui lève la tête en clignant des paupières comme s'il souhaitait communiquer avec toi. Je note le sourire que tu esquisses, sans doute amusé par l'animal qui rôde autour de toi.

Je me dis qu'à sa façon, lui aussi a compris que tout, chez toi, respire la bonté.

– À moitié vide.

Tu as fini par répliquer, sans sourciller. Avec calme, tu continues à prodiguer des caresses à l'animal qui semble ne plus pouvoir s'en passer.

Je plisse les yeux et les reporte devant moi. Examinant le verre que je tiens toujours à la main – et qui porte, sur son rebord, les traces de mon baume à lèvres –, je me demande d'où te vient ce pessimisme. Je soulève le récipient plus haut à la lumière du jour et, à travers le liquide, je peux voir se brouiller l'image des arbustes qui délimitent le jardin. À l'abri dans les feuillages, sautillant de branche en branche et provoquant leur bruissement, quelques oiseaux chantent leur gloire en se donnant du cœur à l'ouvrage. Par moments, ils se découvrent en passant la tête à travers la verdure.

Puis ils disparaissent aussitôt, s'efforçant de se préserver de la vue des curieux.

Une brise se lève et se met à souffler. En frémissant de plaisir, je lui offre mon visage pour profiter de sa tiédeur. Je la laisse s'introduire dans le col de mon tee-shirt, et elle s'y glisse. En passant la main sur ma nuque, je peux sentir la sueur recouvrir ma paume.

– Pourquoi ?

Je t'interroge d'un ton faussement détaché. L'oreille aux aguets, je me prépare à recueillir tes propos comme s'ils valaient leur pesant d'or. Bien sûr, toi, tu n'as pas l'air de saisir l'intérêt que je te porte. En prenant tout ton temps, tu te penches vers le gazon à tes pieds pour aider une coccinelle à grimper sur l'herbe haute. Tu attends qu'elle y soit arrivée avant de te redresser et de reposer les bras sur les accoudoirs de ta chaise. Puis tu contemples à nouveau le ciel.

Le chat s'en est allé rejoindre les siens. Il continue de te tenir à l'œil, s'assurant sans doute de te garder à proximité si l'envie le reprenait de venir quémander ton affection. De l'intérieur de la maison nous parviennent les éclats de rire et les voix familières de mes aînées, ainsi que des bribes de leurs conversations enjouées, qui ne réussissent pas à m'arracher à toi. Ma concentration est tout entière focalisée sur ta personne.

J'ai beau être tentée de fermer les yeux pour me laisser happer par le sommeil, je fais attention à ne pas commettre d'impair : il fait si chaud que je sombrerais en un instant ! Plus que jamais je souhaite connaître la raison pour laquelle ta conception du monde est différente de la mienne.

– C'est ce que la vie m'a enseigné.

Tu as répondu en conservant un air des plus sérieux. Surprise, je me retourne afin de te faire face. Cette fois, je pose le verre sur la table. J'ai envie de te signaler que ce n'est pas l'explication que j'attendais de toi, car tu m'as appris le contraire. Mais je n'ose pas. Je ne veux pas prendre le risque de perturber la quiétude qui s'est installée sur ton visage.

Tu as fermé les yeux. Tes pensées semblent perdues à l'intérieur de ce monde qui m'échappe. Tu as l'air détendu et serein, mais je devine les idées troubles qui se cachent sous ton crâne dégarni ; je me doute de l'ambiguïté des combats que tu y mènes. Ils ne t'offrent aucune trêve, non : ta lutte est permanente. Depuis toujours, elle te force à être sur tes gardes, comme prêt à riposter au moindre coup que l'on te portera.

En dépit du poids des années, tu continues à croire que le répit t'est défendu, à toi : le relâchement n'est pas pour les hommes de ta trempe. Tu es condamné à accepter les déceptions et les désillusions d'une vie vouée à n'être qu'une accumulation de rêves brisés.

Nous ne sommes pas tous égaux.

– Je dirais qu'il est à moitié plein, moi…

J'ai parlé, tout en détaillant les signes du temps qui se sont incrustés sur ton visage. Je suis incapable de me détacher de toi. Bien que prononcée, la vieillesse n'est pas parvenue à se glisser entre nous. Je lui refuse ton corps, tu vois. Qu'elle aille donc chercher un autre à marquer de son sceau ! Ils sont bien des centaines de millions à le mériter plus que toi. Jamais je ne craindrai de l'affirmer. Après tout, en quoi serions-nous tous condamnés à subir sa punition ? Pourquoi ne pourrions-nous envisager l'idée que certains puissent lui échapper ? Le concept ne me paraît pas improbable, à moi. Suffirait-il de le vouloir ? Ma vue – la vision de ta chair – peut-elle s'émanciper de la réalité afin de faire disparaître le lot de misères liées au déclin de l'homme que tu es ? Se volatiliseraient-elles sous mon regard, si je le désirais plus que tout ? Se transformeraient-elles en richesses dont tu aurais tout à gagner, si je priais le ciel chaque jour de mon existence ? Serais-tu capable de récupérer ta vigueur perdue et ton entrain passé, pour te métamorphoser et redevenir celui que tu as été ?

Celui que, dans ma tête, tu es demeuré…

– Je le sais : c'est le but après lequel j'ai couru ma vie entière.

Je remarque l'ombre d'un sourire sur tes lèvres. Sans doute dévoile-t-il le sentiment de victoire qui te gagne à l'idée d'avoir atteint l'objectif que tu t'étais fixé ?

Soudain lasse, je laisse le silence perdurer, se glisser entre nous. Je m'attends à ce que tu apportes des explications et précises tes propos. Mais tu t'abandonnes à la caresse des rayons du soleil, le visage toujours offert à sa lumière, comme si tu en avais été privé et la retrouvais après des années d'obscurité.

La journée s'annonce radieuse et je suis ravie de pouvoir la passer à tes côtés. Mon attachement est tel qu'il me dépasse, par moments. Mon admiration pour toi est proportionnelle à l'ampleur de tes capacités. Parfois, je me demande quel genre d'homme tu serais devenu si ta vie n'avait pas été limitée par les conditions dans lesquelles tu es né. Aurais-tu été différent ? Serais-tu parvenu à faire de moi la personne que je suis aujourd'hui ?

M'aurais-tu aimée de la même façon, dis-moi ?

– Est-ce que tu continueras à le faire ?

J'ai ouvert la bouche et le regrette aussitôt. À présent, me voilà coincée, obligée d'attendre une réponse – qui me paraît évidente. Je comprends alors que je n'aurais voulu d'aucun autre à mes côtés pour m'accompagner dans cette vie et me guider comme tu le fais, toi. J'ai beau réfléchir à la question, c'est une évidence : tu mérites la place que tu occupes dans mon cœur. Quand bien même je le pourrais, je refuserais de changer quoi que ce soit en toi.

C'est simple : tu incarnes ce qui se rapproche le plus de la perfection. Et cela, je l'ai toujours pensé.

– Jusqu'à mon dernier souffle…

J'espère que la réciproque est vraie pour toi.

5

Je marche dans tes pas.

Devant moi, le corps émacié, tu avances d'un air las, les épaules affaissées par le poids des années qui se sont écoulées. Tes jambes flottent dans ton pantalon marron, qui tombe en accordéon sur tes sandales usées. Je jette un œil sur tes pieds : ils se posent l'un après l'autre sur la terre en suivant un rythme régulier ; ils se meuvent avec une lenteur qui m'exaspérerait si elle n'était pas la tienne. Tes talons raclent le sentier qui mène à ta maison. Déjà, au bout du chemin, celle-ci se dessine derrière une rangée de buissons parfaitement taillés.

Je presse le pas pour te rejoindre. La nuit commence à tomber. Malgré la pénombre qui s'installe, je vois ton visage s'égayer tandis que tu tournes la tête et me souris faiblement. Je peux m'en contenter. Ton bras se balance à quelques centimètres de mon corps. Je me retiens de te prendre par la main. Je peux presque ressentir la chaleur qui émane de ta peau et je serre le poing dans le vide, m'imaginant tes doigts enlacés dans les miens.

Tu progresses à mes côtés, parcourant d'une démarche fatiguée la route jonchée de pissenlits et de coquelicots à l'odeur familière. Les environs sont déserts, à peine éclairés par la lueur de la lune qui entame son ascension dans le ciel. Machinalement, je jette un œil sur un couple de fermiers, au loin, occupés à décharger quelques caisses d'une camionnette stationnée en face d'une grange. Je distingue leurs silhouettes sombres qui, à intervalles réguliers, se penchent vers la benne et disparaissent derrière la bâche, avant de réapparaître, les bras pleins. Leurs préoccupations sont celles des gens de la campagne, où tu t'es réfugié, au dernier chapitre de ta vie. Avec l'âge, je commence à comprendre les raisons de ton exode.

Je tends les doigts et arrache une tige de blé sur mon passage. Le champ que nous longeons ondule au rythme du vent. Sa mélodie caresse mes tympans, m'enveloppe d'une aura mélancolique. Très vite, elle se couvre de ta respiration haletante, devenue familière, avec le temps. Inquiète, je tourne la tête pour t'observer.

D'une main tremblante, tu t'appliques à plaquer les quelques épis qui se dressent encore sur le sommet de ton crâne. Tout en te détaillant, je me rends compte que tu as vieilli. On dirait que tu en as trop fait et que tu es prêt à rendre les armes. Ton corps est voûté et courbatu ; ton bras – que tu rabats contre ton torse – est pris de soubresauts que tu peines à contrôler. Ta mine est terne. Les rides se sont formées autour de tes yeux et le long de ton cou. La peau de tes mains est plissée. Tu sembles moins alerte, et peu intéressé par la vie qui t'entoure, comme si tu t'étais fait à l'idée que le monde continuera à tourner. Avec ou sans toi…

– Tu es bien, ici, dis-je d'une voix douce.

Ta tête remue de haut en bas et de bas en haut, ce qui confirme mes dires. Je me sens rassurée à l'idée de pouvoir te laisser dans cette campagne sans craindre de t'y voir passer des jours ennuyeux.

– Il faudra bien que je finisse par rentrer, répliques-tu au bout d'un moment.

Je sais ce à quoi tu fais allusion. Je feins l'ignorance pour échapper, quelques secondes de plus, au supplice auquel tu vas me soumettre.

– Où ça ?

Je ne connais que trop bien la réponse. Mais je patiente tout le temps qu'il faut pour l'entendre de ta bouche. Mon pas s'alourdit, tandis que tes pieds continuent à suivre le rythme de ta marche. Tu finis par reprendre de l'avance sur moi. Tu retrouves ta position initiale, quelques mètres devant moi. Il me semble que j'ai eu tort de vouloir revenir à ton niveau, la première fois. Ma place se trouve derrière toi, là où je peux t'épier et te frôler sans jamais t'égaler. À vrai dire, c'est celle qui me sied. Je n'en ai jamais espéré d'autres.

– Au pays, lâches-tu dans un soupir lourd de sens. Au pays, bien sûr…

Je saisis l'enjeu des mots ; les arrière-pensées et les insinuations, ainsi que les sous-entendus qui ne s'expriment pas. J'aimerais te garder à mes côtés, quand tu n'aspires qu'à la liberté. Tu veux échapper à l'existence qui s'est imposée à toi ; tu souhaites revenir à ces montagnes qui ne sont jamais sorties de ta tête, en dépit du temps qui a passé.

Ta vie, là-bas, ne cesse de se rappeler à toi. J'ai beau me comporter en enfant modèle pour te donner des raisons de rester auprès de moi, rien n'y fait. Ton âme crie ton désir de retrouver ces terres adorées. La tombe délaissée, dans laquelle gît le corps de ton père, exige ton retour pour l'entretenir et la vénérer ; pour rattraper les années perdues, aussi.

Amère, je me dis que mon grand-père a toujours eu un temps d'avance sur moi. Il n'a souffert d'aucune concurrence, il est demeuré l'être chéri ; celui qui, à tes yeux, mérite ton amour. C'est lui que tu places au-dessus des autres. Tu agis avec lui comme je le fais avec toi, moi…

Pour combler le silence, je finis par répliquer :

– Tu pourras y passer l'été prochain.

Tu hésites à me l'avouer, mais tu penses rester au pays et ne plus revenir. C'est le souffle qui s'est échappé de tes lèvres qui t'a trahi. Tu veux demeurer dans ces contrées que nulle autre n'est parvenue à remplacer. Tu n'en dis rien et hausses les épaules. Je te sais gré de m'épargner une discussion sur la partie de ma vie qu'il me faudra passer sans toi.

Les criquets chantent dans la nuit qui s'est installée ; au-dessus de nos têtes, le ciel accueille ses premières étoiles. La senteur des champs apporte son lot d'exaltation et sublime la scène. Toi, tu es plongé dans tes pensées. Peut-être songes-tu à quelque épisode de ton enfance ? Je m'interroge ; je me demande si ces souvenirs sont plaisants à se remémorer. Je ne peux l'affirmer. Ils font partie intégrante de ta vie. Chaque résurgence est un cadeau du ciel qu'il te faut bénir et sacraliser. Et ce n'est pas toi qui clamerais le contraire, non.

La maison n'est plus qu'à quelques mètres. Je contemple sa façade aux briques marron, ainsi que son toit et sa cheminée. Il me semble que ton regard s'est également posé sur ton antre. Ta tête est figée, rivée devant toi. Je me dis que tu dois être pressé de rentrer, toi aussi. Mais tu t'arrêtes, soudain. Tu tentes de reprendre ton souffle, comme si tu venais de courir un marathon. Nous avons marché à peine une demi-heure. Et la promenade s'est faite au trot… Tu parais avoir du mal à te remettre de l'effort.

La faiblesse de ton corps m'apparaît plus évidente que jamais. Sans que je puisse t'aider, tes joues s'empourprent et la lueur, dans tes yeux, s'éteint. Je fais mine de ne pas y prêter attention. Cela te frustre, toi aussi. Tu as posé le poing contre ton cœur, et je me force à porter mon attention ailleurs, car tu ne souhaites pas que je sois le témoin de ta déchéance.

Un chat se tient posté derrière les grilles de la maison, comme s'il avait pour mission de monter la garde. Ce sont ses yeux luisant dans la pénombre qui trahissent sa présence. Il guette ton retour, se languit de toi. Je voudrais briser le silence pour dissimuler mon embarras et sors de ma poche mon téléphone portable en prétextant la réception d'un message qui n'arrive jamais.

– La nuit est si belle…

Tu as murmuré. Aussitôt, je lève la tête.

– J'aimais observer les étoiles, lorsque j'étais petit. Mon père se couchait à mes côtés et me racontait l'histoire de sa vie…

Ta gorge se noue. Tu es incapable de poursuivre. Plantée auprès de toi, je m'efforce de trouver le moyen de te soulager de ta peine. Les milliers de souvenirs se pressent dans ta tête. Ils prennent d'assaut ton esprit sans que je puisse les mettre au jour.

Ta main reste posée sur ta poitrine. On dirait qu'elle cherche à calmer les battements qui résonnent à l'intérieur de ta cage thoracique. Les larmes s'accumulent au ras de tes cils, comme si elles souhaitaient demeurer auprès de toi pour toujours, elles aussi. Gênée, je détourne le regard vers les champs de blé que l'obscurité a engloutis. Je me dis qu'en ignorant ton chagrin je peux m'opposer à cette obscurité qui gagne. Ton souffle, qui s'affaiblit, me fend le cœur… Et je te laisse là, posté à quelques pas de moi, face à ta destinée.

Je songe à la passion qui t'animait, jadis. Tu étais rempli de ces idées qui jaillissaient hors de toi, impossibles à contenir. Elles s'échappaient à n'en plus finir, comme si leur source ne pouvait se tarir. Elles forçaient mon admiration et s'imposaient à tous…

Aujourd'hui, tu es le héros d'un temps révolu, certes, mais qui continue d'exister à l'intérieur de ma tête.

Oh, tu vieillis ! Je ne peux le nier. Mais tes idées, elles, sont pérennes. Intactes, ancrées en toi : elles sont toi. Et à présent que je les ai faites miennes, elles sont en moi.

À travers elles, tu perdures !

Tes idées sont éternelles, oui. Elles sont devenues une extension de ton être : une sorte de respect et de vénération de toi. Et à travers toi, c'est moi.

Tu es l'immortalité.

6

Installés de part et d'autre de la table, dans ce restaurant qui surplombe l'autoroute et dans lequel nous nous sommes arrêtés pour déjeuner, nous contemplons, à travers la baie vitrée, les voitures qui filent à vive allure vers la capitale. En ce début d'après-midi, l'endroit est dépeuplé. Seuls quelques rares camionneurs de passage, venus prendre un café pour la route, occupent un coin de la salle. Assis les uns en face des autres, les doigts agrippés autour d'un gobelet en carton, ils n'échangent aucune parole. De temps à autre, ceux qui sont placés près des vitres jettent un œil au-dehors. Très vite, ils lâchent un soupir de désolation, avant de se perdre dans leurs pensées. Leur spleen est propice au silence, tandis que toi et moi, nous nous laissons envelopper de l'atmosphère des lieux.

La serviette posée en travers de mon assiette vide, je tapote distraitement sur le rebord de mon verre. Les rayons du soleil transpercent la vitre pour caresser ma peau. Ils me réchauffent à l'intérieur. Mon âme se débat et lutte pour se libérer de l'emprise de la mélancolie. Je relève la tête et pose un œil sur toi : tu as soulevé ta tasse de thé d'une main tremblante pour la porter à tes lèvres, le visage fermé et l'air fatigué.

Les rides ont eu raison de toi. Les rares cheveux qui garnissent encore ton crâne ont blanchi. Les poches, creusées sous tes yeux, trahissent ton âge. Tu vieillis, c'est indéniable. Et moi, je me demande combien d'autres souvenirs nous allons bâtir ensemble pour qu'ils perdurent dans ma mémoire et m'aident à tenir, lorsque tu ne seras plus là.

Comment puis-je les rendre immortels ?

Dans mes périodes de doute, il me suffit de clore les paupières, et tu m'apparais rayonnant d'une splendide grandeur. Je peux distinguer tes traits, ainsi que ton corps malingre au dos voûté et aux jambes si fines. Devant moi tu te tiens droit. Par moments, tu frétilles d'impatience, comme si tu t'attendais à ce qu'à mon tour, je te soulève et te porte sur mes épaules, en contrepartie de toutes ces fois où tu l'as fait pour moi. Toujours, je m'enivre de l'étincelle que je perçois dans tes yeux marron aux reflets verts ; cette lueur qui s'allume lorsque tu me regardes, et qui témoigne de l'amour que tu me voues. Quand je rouvre les paupières, la sensation qui m'a envahie alors perdure et me remplit d'une énergie nouvelle ; une force sauvage, indomptable, qui me permettrait de conquérir le monde s'il le fallait ! C'est ainsi qu'au fond – et tu t'en doutes –, tu m'as gardée intacte. Si tu n'existais pas, je ne serais pas devenue celle que je suis aujourd'hui.

Toi.

Je te revois…

Passer un coup de peigne sur ton crâne dégarni et sur ta barbe soignée ; froncer les sourcils, ton visage fermé incliné vers l'écran où se déroule le journal télévisé ; vérifier le niveau d'huile du moteur de la voiture avec moi à tes côtés ; lire les nouvelles, les jambes croisées et la mine renfrognée ; sourire à la vue d'un chat de gouttière qui miaule pour t'amadouer ; retenir tes larmes, quand tu sais que je suis sur le point d'abandonner ; sillonner les routes avec l'aisance d'un conducteur-né ; me demander de t'accompagner, de t'aider ; me regarder, avec ces yeux qui crient ta manière de m'aimer ; prononcer mon prénom, un brin francisé ; raconter ces histoires drôles qui n'arrivent qu'à toi, par ta naïveté – ces récits que tu narres pour nous amuser.

Je te revois…

Parler un français imparfait. Et puis ! L'accent que tu as attrapé, aussi.

Souffrir de toute ton âme pour les êtres maltraités, délaissés ; être submergé par la tristesse à la vue des ravages causés par la pauvreté ; exprimer ta fierté de savoir que je voyage et mène la vie qu'au fond, tu aurais méritée ; clamer ton admiration pour le Che ; soupirer, te renfrogner quand tu comprends que les choses ne vont pas se passer comme tu les as planifiées ou souhaitées.

Je te revois…

Disparaître, quand tu es ébranlé. Te volatiliser, mais ressurgir ensuite – toujours ! Et m'appeler – moi – lorsque les forces viennent à te manquer.

Tu dis que je suis ton cœur, ton adorée.

Je revois ta vulnérabilité, toutes ces fois où tu es hospitalisé. Ta main plissée, ridée. Et la vieillesse qui t'a gagné…

Mes craintes. Tes plaintes, tes cris. Ton pessimisme aussi. Et ton rire ! Quand c'est moi qui t'égaye.

Moi.

Un soupir s'échappe de mes lèvres, tandis que je me rends compte de la place que tu occupes dans ma vie. Ton attention se porte aussitôt sur moi. Alerté, tu m'épies du coin de l'œil, sans toutefois oser tourner la tête franchement. La discrétion dont tu fais preuve me fait monter les larmes aux yeux.

Comme toujours, tu t'inquiètes de blesser mon orgueil. Et je m'en veux de ne pas être capable d'exprimer ce que je ressens. Ma peine est véritable, mais je n'ai personne avec qui la partager. Je n'ai que toi. Le regard, éteint, que tu poses sur moi et que je connais si bien, achève de me briser.

Contre toute attente, cette fois-ci, tu te mets à parler. Tu me dis qu'il n'y a rien de plus accablant que de se sentir démuni face à mon tourment. Tu aurais aimé que je te ressemble moins, afin que moi, je sois capable de faire part des pensées qui occupent et troublent mon esprit. Et tes propos me rendent si honteuse que je me cacherais sous la table, si les circonstances le permettaient. Je serre les mâchoires pour ne pas éclater en sanglots.

Pardonne-moi. Je devrais répondre pour apaiser tes craintes ; je pourrais préciser, t'expliquer que mon bonheur se construit avec toi. Mais je n'ose pas. Te l'avouer, c'est mettre au jour la faille que je perçois chez toi. Et je ne peux me résoudre à te porter le coup fatal. Tu es si fier, tu vois.

Mon bonheur, c'est toi.

Mais je ne parviens pas à l'exprimer avec des mots. Et je te laisse avec cette tristesse dans la tête, dans le corps, dans le cœur.

Dans l'âme.

Cette mélancolie qui s'immisce en toi et ne te quitte pas…

Tu représentes pour moi le fantasme ultime : l'accès à la plénitude éternelle. Ma raison de vivre ! Ma quête de la béatitude… Et il y a autant de façons d'y parvenir qu'il existe d'êtres humains pour peupler la planète.

Ma route est toute tracée, oui. Et je n'ai pas besoin de mûrir davantage pour la connaître. Ma destinée est sue depuis toujours ! Petite, déjà, elle s'est présentée à moi, si clairement que, aujourd'hui encore, je la vois comme une évidence.

Rappelle-toi : je disais que je voulais me marier avec toi, papa. Existe-t-il un témoignage plus criant d'amour, dis-moi ?

Je remercie – du fond du cœur – Viviane Hamy et Lise Chasteloux pour leur disponibilité, leur gentillesse et leur soutien ; leurs conseils éditoriaux m'ont été des plus précieux tout au long de la finalisation de ce roman.

Merci à mes sœurs – la première pour jouer, avec moi, son rôle d'aînée de la fratrie ; la deuxième pour m'avoir appris à lire et à aimer lire, si jeune ; la troisième pour son amitié inconditionnelle, bienvenue.

Enfin – plus que tout –, je remercie mes parents ; ma mère pour m'avoir donné l'envie de devenir écrivain, et mon père pour avoir inspiré ce roman.

Puisse-t-il rendre hommage à leur histoire.

La littérature française
aux Éditions Viviane Hamy

Marie Capron
Priya, la fille du boucher

Virginie Carton
Restons bons amants

Cécile Coulon
Méfiez-vous des enfants sages
Le roi n'a pas sommeil
Le Rire du grand blessé
Le Cœur du pélican
Trois saisons d'orage

Laurent Dutheil
J'ai 7 ans

Céline Lapertot
Et je prendrai tout ce qu'il y a à prendre
Des femmes qui dansent sous les bombes
Ne préfère pas le sang à l'eau
Ce qui est monstrueux est normal
Ce qu'il nous faut de remords et d'espérance

Yoram Leker
L'Âme au diable

Julie Manarra
Rouge cendre

Karim Miské
Arab Jazz
N'appartenir

Estelle Monbrun / Elyane Dezon-Jones

Meurtre chez Tante Léonie

Meurtre à Petite-Plaisance

Meurtre à Isla Negra

Meurtre chez Colette (avec Anaïs Coste)

Le Fantôme du petit Marcel (avec Stéphane Heuet)

Meurtre à Montaigne

Hoai Huong Nguyen

L'Ombre douce

Sous le ciel qui brûle

Le Cri de l'aurore

Thomas Oussin

Soleil de juin

François Pieretti

Saltimbanques

Alexis Ragougneau

La Madone de Notre-Dame

Évangile pour un gueux

Niels

Opus 77

Palimpseste

Dominique Sylvain

Baka !

Sœurs de sang

Techno Bobo

Travestis / Le Roi Lézard

Strad

La Nuit de Geronimo

Vox

Cobra
Passage du Désir
La Fille du samouraï
Manta Corridor
L'Absence de l'ogre
Guerre sale
Ombres et Soleil
L'Archange du chaos
Kabukicho
Les Infidèles
Une femme de rêve

François Vallejo
Vacarme dans la salle de bal
Pirouettes dans les ténèbres
Madame Angeloso
Groom
Le Voyage des grands hommes
Ouest
Dérive
L'Incendie du Chiado
Les Sœurs Brelan
Métamorphoses
Fleur et Sang
Un dangereux plaisir
Hôtel Waldheim
Efface toute trace
La Delector

Puisque la lecture d'un grand livre est un dialogue
– comme l'a si bien écrit Léon Werth –,
nous vous invitons à le poursuivre
avec un autre titre de notre catalogue :

Cet ouvrage a été mis en pages par

<pixellence>

N° d’édition : L.43EVAN000458.N001
Dépôt légal : août 2022
Achevé d'imprimer en avril 2022 en Espagne par Liberdúplex